U0643651

钱基博讲中国现代文学史

钱基博 著

百花洲文艺出版社
BAIHUAZHOU LITERATURE AND ART PRESS

图书在版编目（CIP）数据

钱基博讲中国现代文学史 / 钱基博著 . -- 南昌 ：百花洲文艺出版社，2021.3
ISBN 978-7-5500-4074-8

Ⅰ．①钱… Ⅱ．①钱… Ⅲ．①中国文学－现代文学史 Ⅳ．① I209.6

中国版本图书馆 CIP 数据核字（2021）第 004098 号

钱基博讲中国现代文学史

钱基博　著

出 版 人　章华荣
责任编辑　胡青松
特约编辑　吴修丽　叶青竹
书籍设计　刘昌凤
出版发行　百花洲文艺出版社
社　　址　南昌市红谷滩世贸路 898 号博能中心一期 A 座 20 楼
邮　　编　330038
经　　销　全国新华书店
印　　刷　三河市华晨印务有限公司
开　　本　880mm×1230mm　1/32　　印张　6.25
版　　次　2021 年 3 月第 1 版第 1 次印刷
字　　数　113 千字
书　　号　ISBN 978-7-5500-4074-8
定　　价　79.80 元

赣版权登字　05-2021-27
邮购联系　0791-86895108
网　　址　http://www.bhzwy.com
图书若有印装错误，影响阅读，可向承印厂联系调换。

《大师讲堂》系列丛书
▶ 总序

/ 吴伯雄

梁启超说："学术思想之在一国，犹人之有精神也。"的确，学术的盛衰，关乎一个民族的精神气象与文化氛围。民国是一个动荡不安的时代，内忧外患，较之晚清，更为剧烈，中华民族几乎已经濒临亡国灭种的边缘。而就是在这样日月无光的民国时代，却涌现出了一批批大师，他们不但具有坚实的旧学基础，也具备超前的新学眼光。加之前代学术的遗产，西方思想的启发，古义今情，交相辉映，西学中学，融合创新。因此，民国是一个大师辈出的时代，梁启超、康有为、严复、王国维、鲁迅、胡适、冯友兰、余嘉锡、陈垣、钱穆、刘师培、马一孚、熊十力、顾颉刚、赵元任、汤用彤、刘文典、罗根泽……单是这一串串的人名，就足以使后来的学人心折骨惊，高山仰止。而他们在史学、哲学、文学、考古学、民俗学、教育学等各个领域所取得的成就，更是创造出了一个异彩纷呈的学术局面。

岁月如轮，大师已矣，我们已无法起大师于九原之下，领教大师们的学术文章。但是，"世无其人，归而求之吾书"（程子语）。

大师虽已远去，他们留下的皇皇巨著，却可以供后人时时研读。时时从中悬想其风采，吸取其力量，不断自勉，不断奋进。诚如古人所说："圣贤备黄卷中，舍此安求？"有鉴于此，我们从卷帙浩繁的民国大师著作当中，精心编选出版了这一套《大师讲堂》系列丛书，分辑印行，以飨读者。原书初版多为繁体字竖排，重新排版字体转换过程当中，难免会有鲁鱼亥豕之讹，还望读者不吝赐正。

吴伯雄，福建莆田人，1981 年出生。2003 年考入福建师范大学古代文学研究系，师从陈节教授。2006 年获硕士学位。同年 9 月考入复旦大学中文系古代文学专业，师从王水照先生。2009 年 7 月获博士学位。同年 9 月进入福建师范大学文学院古代文学教研室工作。推崇"博学而无所成名"。出版《论语择善》(九州出版社)、《四库全书总目选》(凤凰出版社)。

目 录

一 新民体

当代之文，理融欧亚，词驳今古，几如五光十色，不可方物！而要其大别，曰古文学，曰今文学，二者而已。谭古文学者，或远祧中古以上，或近祢近古而还。王闿运、章炳麟、刘师培、李详、孙德谦、苏玄瑛之文与诗，盖远祧中古以上者。其近祢近古而还者，文则有王树枏、贺涛、马其昶之为湘乡，姚永朴、永概兄弟及林纾之为桐城派焉。诗则有易顺鼎、樊增祥、杨圻之中、晚唐，陈三立、郑孝胥、陈衍之宋诗焉。词则有朱祖谋、况周颐之为常州派焉。曲则有王国维、吴梅之治元剧焉。此古文学之流别也。论今文学之流别：有开通俗之文言者，曰康有为、梁启超。有创逻辑之古文者，曰严复、章士钊。有倡白话之诗文者，曰胡适。五人之中，康有为辈行最先，名亦极高；三十年来国内政治学术之剧变，罔不以有为为前驱。而文章之革新，亦自有为启其机括焉！

康有为（附简朝亮、徐勤）

有为，康氏，原名祖诒，字广厦，号长素，广东南海人。世以理学传家，为粤名族。祖赞修，官连州教谕，治程朱之学；多士矜式。父达初，早卒，乃受教于大父，授以书，过目不忘。七岁，能属文，有志于圣贤之学。里党传以为笑，戏号之曰"圣人为"；盖以其开口辄曰"圣人圣人"，故冠于名以为谑也。有为以十九岁丧大父。年十八始游同县朱次琦之门，受学焉。次琦，粤中大儒也；湛深经术，其学根柢于宋儒，而以经世致用为主；穷理治事，刮磨汉、宋纷纭之见，惟尚躬行。一出为山西襄陵令，出则徒步，入则齑盐，朝饔夕飧，皆三十钱；终身布袍；朴学高行，学者翕然宗之。其弟子有名者，厥称顺德简朝亮及有为。朝亮坚苦笃实，壹慕其师；所注《论语》《尚书》，折衷汉、宋而抉其粹，最为次琦高弟。而有为则诡诞敢大言，异于朝亮；言学杂佛耶，又好称西汉今文微言大义，能为深沉瑰伟之思，实思想革新者之前驱！而发为文章，则糅经语、子史语，旁及外国佛语、耶教语，以至声光化电诸科学语，而冶以一炉，利以排偶；桐城义法至有为乃残坏无余，恣纵不傥；厥为后来梁启超新民体之所由昉。学问文章，不尽类次琦也。然生平言学必推次琦。次琦著书，晚岁皆自焚之；既卒三十年，其子之绂辑佚，凡诗二十卷，文数十篇；而有为乃序之以显大其学。其辞曰：

以躬行为宗，以无欲为尚，气节摩青苍；穷极问学，舍汉释宋，原本孔子，而以经世救民为归；古之学术有在于是者，则吾师朱九江先生以之。先生令山西襄陵百九十日，政化大行，以巡抚某为某亲王嬖人，拂衣归。讲学于其九江乡礼山草堂垂三十年。先生为先祖连州公之友，先君知县公与伯叔父两广文公皆捧杖受业。有为未冠，以回、参之列，辟咡受学，则先生年垂七十矣！望之凝凝如山岳，即之温温如醇酒；硕德高风，不言而化，兴起奋发于不自知焉！乃知以德化人之远也！先生授学者以四行五学。四行：一曰敦行孝弟，二曰崇尚名节，三曰变化气质，四曰检摄威仪。五学：一曰经，二曰史，三曰掌故，四曰义理，五曰词章。日一登堂讲学，诸生敬侍，威仪严肃。先生博闻强记，不挟一卷，而征引群书，贯穿讽诵，不遗只字；学者录之，即可成书一卷；今所传《礼山讲义》，是也。然十不能得六七。至夫大义所关，名节所系，气盛频赤，大声震堂壁；听者悚然。为才质无似，粗闻大道之传，决以圣人为可学，而尽弃俗学；自此始也。先生天才敏隽，少以神童闻于粤。方十三龄，仪征阮文达督粤而召之，试诗而大惊！辟学海堂，授为都讲，沉浸经史掌故词章之学。凡吾粤长老，若曾勉士之经，侯君谟之史，谢兰生之词章，皆翁受而自得之；旁及金石书画，罔不穷经极微。当是时，汉学方盛，馆饤为上，猎琐文而忘大谊，矜多闻而遗躬行。先生夐识高行，独不蔽于俗；厉节行于后汉；探义理于宋人。既则舍康成，释紫阳，一一以孔子为归。其行如碧霄青云，悬崖峭壁；其德如粹玉馨兰，琴瑟彝鼎；其学如海，其文如山，高远深博，雄健正直；盖国朝二百年来，大贤巨儒，未之有比也。黎洲精矣，而奇佚气多；船山深矣，而矫激太过！先生之学行，或于亭林为近似；而平实敦大过之。著书满家，以为所知，有《国朝学案》《国朝名臣言行录》凡百卷；《蒙古记》《晋乘》各数十卷；诗文数十卷；晚皆自焚之，世多疑焉。意者先生疾世之哗嚣，多以文学炫宠，而以身为法耶？夫言之不足化人久矣！文人之亡实多矣！天下无我是书，而教化遂以陵夷，人心遂以熄绝，则其书必当存也！天下无我是书，而教化亡大损，人心未至灭，则先圣先哲之遗书具在，循而行之，大道可宏，生民可救；则何以著作炫世乎？孔子曰："予欲无言。"子思述《中庸》之末曰："声色之以化民末也。上天之载，无声无臭，至矣！"先生之德，于是至矣！后之人受不言之教，以躬行为归，何必遗书！否则著书等身而中心蒉愦，其书愈多，其名愈章，其坏风俗，败国家愈甚，是毒吾民也，奚取焉！予小子稍有所述作，每念先生焚书之旨，未尝不反省而悚然曰："吾岂有心欤？抑出不得已不忍人之心欤？其昔人曾发之而亡待己之喋喋欤？否则宜焚之也！"先生卒于光绪壬午之春，年七十五。诗文既尽焚，无一传，同门友营祠墓毕，议遗文。简广文竹居、胡茂才少恺皆博学高行，以先生恶表襮哗嚣，绍述遗旨，相约勿刻；至于今又垂三十年矣！虽然，令先生无一字流于后世，于先生至人之德，不言之教，则不背矣！于后人思慕之意，则非也。先生嗣子之绂明敏克家，搜辑先生佚诗文于乡里中，得《是汝师斋诗》一卷，《大疋堂诗集》一卷，皆三十岁前作；及佚文数十篇，皆书札为多；盖皆流传于外，先生无从焚者。先生之文雄深疋健，深入秦汉之奥；为今所为文，皆受法于先生。此率尔之文，少日之作，诚不足以见先生之万一！然丹凤一羽，夏鼎一足，得之亦为至宝！与其弃之，无宁过而存之！且大义亦时见焉。后之学者，稍闻遗训而瞻文采，不犹愈于无耶？故敢违先生之旨，负同门之约，刻而布之；诚知罪戾，不遑避矣！先生讳次琦，号稚圭，又字子襄，南海县人；道光丁未进士，行事详于《平阳水利碑》。用弁卷端。其《是汝师斋诗》，刻于粤之学海堂。光绪三十四年秋九月，弟子康有为记。

盖诵说次琦如此。然有为之学，从次琦入，而不从次琦出。次琦制行谨笃；而有为权奇自喜。次琦学宗程朱；而有为旁骛西汉，称微言大义，自负可为帝王师，言天下大计。早岁酷好《周礼》，尝贯穴之，著《政学通义》。后见井研廖平所著书，乃尽弃其旧说。廖平者，王闿运弟子。闿运以治《春秋公羊》闻于时。平受其学，著《四益馆经学丛书》十数种，阐今文家法，开蜀学；尝以其间来分校广雅书院。而有为之通《公羊》，明改制，盖染于平之说者为多也。有为最初所著书曰《新学伪经考》。"伪经"者，谓《周礼》《逸礼》《左传》及《诗》之《毛传》，凡西汉末刘歆所力争立博士者。"新学"者，谓新莽之学。时清儒诵法许、郑者，自号曰汉学。有为以为此新代之学，非汉代之学，故正其名曰新学；而《新学伪经考》之作，最其要旨：一曰："西汉经学，并无所谓古文者；凡古文皆刘歆伪作。"二曰："秦焚书，并未厄及《六经》，汉之十四博士所传，皆孔门足本，并无残缺。"三曰："孔子时所用字，即秦汉间篆书，即以文论，亦绝无今古之目。"四曰："刘歆欲弥缝其作伪之迹，故校中秘书时，于一切古书，多所羼乱。"五曰："刘歆所以作伪经之故，因欲佐莽篡汉，先谋湮乱孔子微言大义。"而微言大义之所寄，则在于《春秋公羊》。有为之治《公羊》也，不断断于其书法义例之小节，专求其微言大义，即何休所谓"非常异义可怪之论"者。定《春秋》为孔子改制创作之书，谓文字不过其符号，如电报之密码，如乐谱之音符，非口授不能明。又不惟《春秋》而已。凡《六经》皆孔子所作，昔人言孔子述而不作者误也。孔子盖自立一宗旨，而凭之以进退古人，去取古籍。孔子改制，恒托于古。尧舜者，孔子所托也；其人有无不可知；即有，亦至寻常，经典中尧舜之盛德大业，皆孔子理想上所构成也！又不惟孔子而已；周秦诸子，罔不改制，罔不托古。老子之托黄帝，墨子之托大禹，许行之托神农，是也。近人祖述何休以治《公羊》者，若刘逢禄、龚自珍、陈立辈，皆言"改制"，而有为之说，实与彼异。有为所谓"改制"者，盖称"政治革命""社会改造"而言也。故喜言"通三统"；"三统"者，谓夏、商、周三代不同，当随时因革也。喜言"张三世"；"三世"者，谓"据乱世""升平世""太平世"愈改而愈进也。孔子之改制，上掩百世，下掩百世，故尊之为教主。谓欧洲之尊景教，为治强之本；故恒欲侪孔子于基督，乃杂引谶纬之言以实之；于是有为心目中之孔子又带有神秘性矣。具见所著《孔子改制考》。教人读古书，不当求诸章句、训诂、名物制度之末，当求其义理，所谓义理者，又非言心言性，乃在古人创法立制之精意。于是汉学宋学，皆所唾弃。《伪经考》既以《古文经》为刘歆所伪造；《改制考》又以《今文经》为孔子托古之作；于是今文古文，皆待考定！数千年共认神圣不可侵犯之经典，于是根本发生疑问，引起学者之怀疑批评，而国人之学术思想，于是乎生一大变化！有为言孔子托古改制；而所以学孔子者，亦必出托古改制。孔子之托古改制，见其义于《春秋》；而有为之托古改制，则托其说于《礼运》。有为以《春秋》三世之义说《礼运》；谓"升平世"为"小康"，"太平世"为"大同"。《礼运》之言曰："大道之行也，天下为公。选贤与能，讲信修睦。故人不独亲其亲，不独子其子；使老有所归，壮有所用，幼有所长，鳏寡孤独废疾者皆有所养；男有分，女有归。货恶其弃于地也，不必藏诸己。力恶其不出于身也，不必为己。……是谓'大同'。"有为谓此为孔子之理想的社会制度。曰"天下为公，选贤与能"，后世之所谓"民治主义"存焉。曰"讲信修睦"，后世之所谓"国际联合主义"存焉。曰"人不独亲其亲""使老有所终""鳏寡孤独废疾者皆有所养"，后世之所谓"老病保险主义"存焉。曰"不独子其子"，使"幼有所长"，后世之所谓"儿童公育主义"存焉。曰"壮有所用"，曰"男有分"，后世之所谓"职业固定主义"存焉。曰"货恶其弃于地，不必藏诸己"，后世之所谓"共产主义"存焉。曰"力恶其不出于身，不必为己"，后世之所谓"劳作神圣主义"存焉。谓《春秋》所谓"太平世"者即此！乃衍其条理为《大同书》，凡若干事（一）无国家，全世界置一总政府，分若干区域。（二）总政府及区政府，皆由民选。（三）无家族，男女同栖不得逾一年，届期须易人。（四）妇女有身者入胎教院，儿童出胎入育婴院。（五）儿童按年入蒙养院及各级学校。（六）成年后，由政府指派分任农工等生产事业。（七）病则入养病院，老则入养老院。（八）胎教、育婴、蒙养、养病、养老诸院，为各区最高之设备，入者得最高之享乐。（九）成年男女，例须以若干年服役于此诸院，若今世之兵役然。（十）设公共宿舍、公共食堂，有等差，各以其劳作所入，自由享用。（十一）警惰为最严之刑罚。（十二）学术上有新发明者，及在胎教等五院有特别劳绩者，得殊奖。（十三）死则火葬，火葬场比邻为肥料工厂。《大同书》之具体计划如是。全书数十万言，于人生苦乐之根原，善恶之标准，言之极详辩；然后说明其立法之理，其最要之关键，在毁灭家族。有为谓："佛法出家，求脱苦也；不如使其无家可出。谓私有财产为争乱之源；无家族，则谁复乐有私产，若夫国家，则又随家族而消灭者也；夫而后大同之世，不蕲而自至。"有为悬此鹄为人类进化之极轨，于齐家治国平天下而外，独树新义，固一无依傍，一无剿袭；著书立说在三十年前，而其理想与今世所谓"世界主义""社会主义"者多合符契，而国人之政治思想，于是乎又生一大变化！凡此皆次琦所不敢道、不知道者也。初有为从学次琦，凡六年而次琦卒；又屏居独学于南海之西樵山者四年；乃出而有事于四方：北走山海关，登万里长城；南游江汉，望中原；东诣阙里谒孔林；浪迹于燕、齐、楚、吴、荆、襄之间，察其风土，交其士大夫；西溯江峡，如桂林。畴昔山中所修养者，一一案之经历实验。如是者五六年。尝以其间道香港、上海，见西人殖民政治之完整；属地如此，本国之更进可知；因思其所以致此者，必有道德学问以为之本原。乃悉购江南制造局及西教会所译出各书，尽读之。时所译者皆初级普通学，及工艺、兵法、医学之书，否则耶稣经典论疏耳。于政治哲学，毫无所及。而有为以其天禀学识，别有会悟，能举一以反三，因小以知大；自是于其学力中别辟一蹊径。有为自言："上海制造局译印新书，始于同治三年，其书经所购自读及送人者共三千余册，综计制造局开办以来，三十年间鬻书总额，不过一万一千余册。而其一人所购，竟达四分一以上。"可见当日风气之不开，而有为能自任以开风气也！既而造京师，乃上书乞见尚书师傅翁同龢，请间言事，不纳。时同龢以毓庆宫师傅，为户部尚书，兼管国子监事，清德雅望，重于朝廷。有为又因国子监祭酒盛昱以通于同龢，具封事，极陈时局艰危，请及时变法以图自强，乞为代奏。同龢恶其讦以为直；曰："无裨时局，徒长乱耳。"书格不达。独户部侍郎曾纪泽于有为变法之议，相视莫逆。而有为献议，以朝鲜辟为万国公地，纪泽尤为赏叹云。然无术以进之。有为既郁无所舒，乃游心艺事，于厂肆间，搜得汉魏六朝、唐、宋碑版数百本，从容玩索，学为书，其执笔本得法于朱次琦，主虚拳实指，平腕竖锋；其用墨浸淫于南北朝，而知气韵胎格。乃广泾县包世臣所著《艺舟双楫》，论篆隶变化之由，派别分合之故，世代迁流之异，而序其端曰：

可著圣道，可发王制，可洞人理，可穷物变；则刻镂其精，冥縩其形为之也。不劬于圣道、王制、人理、物变，魁儒勿道也。康子戊、己之际，旅京师，渊渊然忧，悁悁然思，俯览万极，塞钝勿施，格绌于时，握发热然，似人而非。厥友告之曰："大道藏于房，小技鸣于堂，高义伏于床，巧曼显于乡。标枝高则陨风，累石危则坠墙。东海之鳖，不可游于井；龙伯之人，不可钓于塘。汝负畏垒之材，取桀杙，取椳栌，安器汝？汝不自克以程于穷，固宜哉！且汝为人太多，而为己太少；徇于外有而不反于内虚；

其亦暗于大道哉！夫道，无小无大，无有无无。大者，小之殽也；小者，大之精也。蠛蠓之巢蚊睫，蠛蠓之睫，又有巢者。视虱如轮，轮之中，虱复傅缘焉。三尺之画，七日游，不能尽其蹊径也；拳石之山，丘壑岩峦，窅深窅曲，蟻蠓蚋生，蛙蜮之夜，蒙茸茂焉；一滴之水，容四大海，洲岛烟立，鱼龙波谲，出日没月。方丈之室，有百千亿狮子广坐，神鬼神帝，生天生地。反汝虚室，游心微密，甚多国土，人民丰实，礼乐黼黻，草木龙郁。汝冲禅其中，弟靡其侧，复何骛哉？盍黔汝志，锄汝心，悉之以阴，藏之无用之地以陆沈！山林之中，钟鼓陈焉；寂寞之野，时闻雷声。且无用者，又有用也。不龟手之药，既以治国矣。杀一物而甚安者，物物甚安焉！苏援一枝而入微者，无所往而不进于道也！"于是康子翻然捐弃其故，洗心藏密，冥神却扫，摊碑摘书，弄翰飞素，千碑百记，钩午是富，发先识之覆疑，窍后生之宦奥。是无用于时者之假物以游岁暮也。国朝多言金石，寡论书者；惟泾县包氏铤之扬之；今则辇之衍之，凡为二十七篇；论书绝句第二十七。永维作始于戊子之腊，实购碑于宣武城南南海馆之汗漫舫，老树僵石，证我古墨焉。归欤于己丑之腊，乃理旧稿于西樵山北银塘乡之淡如楼；长松败柳，侍我草玄焉。凡十七日，至除夕，述书讫；光绪十五年也。述书者，西樵山人康有为也。

有为论书绝精，顾强不知以为知，夸诞其词；所作又不能称是；而转折多圆笔，六朝转笔无圆者；倘所谓"吾眼有神，吾腕有鬼"，（《广艺舟双楫·述学篇》语。）不足以副之欤？有为固自知之矣。

有为既以上书言变法，被放归西樵山。乡人目为怪。新会梁启超方与南海陈千秋同学于学海堂，独好奇，相将谒之；一见大服，遂执业为弟子；共请有为开馆讲学。而以光绪十七年，于长兴里设黉舍焉；则所谓万木草堂，是也。二人者，既夙治汉儒许、郑之学，千秋尤精洽，闻有为说，则尽弃其学而学焉。《新学伪经考》之作，二人者多所参议也。有为经世之怀抱在大同，而其观现在以审次第，则起点于小康拨乱。有为论政之鹄的在民权，而其揆时势以谋进步，则注意于君主立宪。虽著《大同书》，然秘不以示人，其弟子最初得读此书者，陈千秋、梁启超，读则大乐！锐意欲宣传其一部分。有为弗善也！而亦不能禁其所为。后此万木草堂学徒多言大同矣！而有为谓："今方为据乱之世，只能言小康，不能言大同；言则陷天下于洪水猛兽。"其教弟子，以孔学、佛学、宋明学为体，以史学、西学为用。其教旨专在激厉气节，发扬精神。其学纲，曰志于道，（格物克己，励节慎独。）据于德，（主静出倪，养心不动，变化气质，检摄威仪。）依于仁，（敦行孝弟，崇尚任恤，广宣教惠，同体饥溺。）游于艺。（礼、乐、书、数、画、枪。）其学目，曰义理之学，（孔学、佛学、周秦诸子学、宋明学、泰西哲学。）考据之学，（中国经学、史学，万国史学、地理学、数学、格致科学。）经世之学，（政治原理学、中国政治沿革得失、万国政治沿革得失、政治实际应用学、群学。）文章之学。（中国词章学、外国语言文字学。）其课外作业，曰演说，（每月朔望课之。）曰札记，（每日课之。）行之校内者也；曰体操，（每间一日课之。）曰游历，（每年假时课之。）行之校外者也。而其组织则有为自为总教授，而立学生中三人或六人为学长，曰博文科学长，（主助教授及分校功课。）约礼科学长，（主劝勉品行、纠检威仪。）干城科学长。（主督率体操。）其图书仪器之室，亦委一学生专司之，曰书器库监督。凡学生人置一札记簿；日记读书治事所心得以自课，月朔则缴呈之；而有为为之批评焉。每日在讲堂演述必四五小时；论一事，必上下古今以究其沿革得失，又引欧美以比较证明之；又出其理想之所穷，及悬一至善之鹄以进退古今中外，盖使学者理想之自由日以发达，而别择之知识亦以生焉！方是时，义乌朱一新鼎甫以御史言事罢官，主广州之广雅书院。既旧学高望，重实行而屏华士，闻有为之敢为高论，而心不然焉，乃贻书规曰："君之热血，仆所深知。然古来惟极热者，一变乃为极冷；此阴阳消长之机，贞下起元之理。纯实者甘于淡泊，遂成石隐；高明者率其胸臆，遂为异端；此中转捩，只在几希。故持论不可过高，择术不可不慎也。君伏阙上书，仆盖心敬其言，而不能不心疑其事。孔子之赞《艮卦》，孟子之论蚯蚓，其义可深长思耳。庄生之书，足下所见至确，而其言汪洋恣肆，究足误人。凡事不可打通后壁。老、庄、释氏皆打通后壁之书也。愚者既不解，智者则易溺其心志，势不至败弃五常不止，岂老、庄、释氏初意之所及哉？然吾夫子则固计及之矣，以故有不语，有罕言，有不可得而闻。凡所以为后世计者，至深且远。今君所云云，毋亦有当罕言者乎？读书穷理，足以自娱；乐行忧违，贞不绝俗；愿勿以有用之身，而逐于无涯之知也。汉学家治训诂而忘义理，常患其太浅。近儒知训诂不足尽义理矣，而或任智以凿经，则又患其太深。夫浅者之所失，支离破碎而已，其失易见；通儒不为所惑也。若其用心甚锐，持论甚高，而兼济之以博学，势将鼓一世聪颖之士，颠倒于新奇可喜之论；而惑经之风，于是乎炽！战国诸子，孰不欲明道术哉？好高之患中之也。仆故不敢不罄其愚，冀足下铲去高论，置之康庄大道中，使坐言可以起行；毋徒凿空武断，使古人衔冤地下，而仍不得《六经》之用也！道也者，如饮衢尊然，无知愚贤不肖，人人各如其量挹之而不穷。世之人，以其平淡无奇也，往往喜为新论以求驾乎其上，遂为贤智之过而不之悟。窃恐大集流传，适为毁弃《六经》张本耳！足下兀兀穷年，何可倒持太阿而授人以柄？始则因噎废食，终且舐糠及米，其殆未之思乎？原足下之所以为此者，无他焉，盖闻见杂博为之害耳！其汪洋自恣也取诸庄，其兼爱无等也取诸墨，其权实互用也取诸释，而又炫于外夷一日之富强，谓有合吾中国管商之术，可以旋至而立效也；故于圣人之言灿著《六经》者悉见为平淡无奇，而必扬之使高，凿之使深；恶近儒之言训诂，破碎害道也，则荡涤而扫除之。以训诂之学，归之刘歆，使人无以自坚其说，而凡古书之与吾说相戾者，一皆诋为伪造；夫然后可以唯吾所欲为，虽圣人不得不俯首而听吾驱策。噫，足下之

用意则勤矣！然其所以为说者，亦已甚矣！足下不信壁中古文，谓
《史记·河间》《鲁共王传》无壁经之说。夫当史公时，儒术始
兴，其言阔略，《河间传》不言献书，《鲁共传》不言坏壁，正与
《楚元传》不言受诗浮丘伯一例。若《史记》言古文者，皆为刘歆
所窜，则此二传，乃作伪之本；歆当弥缝之不暇，岂肯留此罅隙以
待后人之攻？足下谓歆伪《周官》，伪《左传》，伪《毛诗》《尔
雅》，互相证明，并点窜《史记》以就己说；则歆之于古文为计固
甚密矣；何于此独疏之甚乎？史公《自叙》年十岁，则诵古文；
《儒林传》有《古文尚书》，其他涉古文者尚夥；足下悉以为歆之
窜乱。夫同一书也，合己说者则取之，不合者则伪之；此宋元儒者
开其端；而近时汉学家尤甚；虽有精到，要非仆之所敢言也。"有
为送难往复，再三不休。迨二十年秋，以著书讲学，被御史奏参，
下粤督查究；避居桂林之风洞，而过桂山书院，撰《桂学答问》以
答士夫之来问学者。

　　有为之学，以《孔子改制考》树骨干，以《新学伪经考》张
门户，而《答问》为开示途辙。其论经学，一裁以《公羊》；由
《公羊》以通《六经》，由孟子而学孔子，而欲以《孟子》通《公
羊》，以《荀子》通《穀梁》，由《春秋繁露》以发《公羊》之义
例，由《白虎通》以观礼制之折衷。《大戴礼记》当与《小戴礼
记》同读，皆孔门口说。《尚书大传》《韩诗外传》，亦皆孔门口
说，与《繁露》《白虎通》并重。《七经纬》亦皆孔门口说，中多
非常异义。然后由《五经异义》（用陈寿祺疏证本）以读《新学伪

经考》，而别古今，分真伪；然后知孔子所以为圣人，以其改制而曲成万物，范围万世也。其心为不忍人之仁，其制为不忍人之政。仁道本于孝弟，则定为人伦；仁术始于井田，则推为王政；孟子发孔子之道最精，而大率发明此义，盖本末精粗举矣！《春秋》所以宜独尊者，为孔子改制之迹在也；《公羊》《繁露》所以宜尊信者，为孔子改制之说在也；能通《春秋》之说，则《六经》之说，莫不同条而共贯；而孔子之大道可明矣！其治诸子，亦如治经；孔子以《六经》改制，诸子亦各以所学改制。诸子改制，正可明孔子之改制也。《吕氏春秋》《淮南子》为杂家，诸家之理存焉，尤可穷究。其论宋学，以为宋儒专言义理，《宋元学案》荟萃之，当熟读。《明儒学案》，言心学最精微，可细读。《近思录》为朱子选择，《小学》为做人样子，可熟读。千年之学，皆出于朱子；《朱子大全集》及《语类》，宜熟读。数书皆宜编为日课，与经史并读。《小学》尤为入手始基也。

其论读史，《二十四史》宜全读，而以《史记》、两《汉》为重。《史记》多孔门微言大义。《汉书》虽为刘歆伪撰，而考汉时事，舍此不得。《后汉》为孔子之治，风俗气节至美；范蔚宗又妙于激扬；皆有经义，皆妙文章，故三史宜熟读。秦汉间日改用孔子之制，可细心考之，当日有悦怿也。三史破，余史可分政、事、人、文四者读之，自易。然读史当知史例；《史通削繁》可读；《十七史商榷》《廿二史考异》《廿一史四谱》可参考；而《廿一史札记》尤通贯，并详掌故治乱，不止史例矣；宜熟读。读史尤贵贯串。编年之史，莫如《资治通鉴》《续资治通鉴》。纪事则有《左传纪事本末》《通鉴纪事本末》《宋史纪事本末》《明史纪事本末》，皆贯串群史之书，可熟观精考。掌故则"三通"并称。杜佑《通典》，郑樵《通志》，马端临《文献通考》，而《通考》最详，宜与《通鉴》同读，可改称为"二通"也。若《通典》详于礼而多伪说；《通志》惟二十略为精，余皆史文，故应不如《通考》。

其论词章之学，文先读《楚辞》，次读《文选》，则材骨立矣。《文选》当全读，读其笔法、调法、字法，兼读《骈体文钞》，则能文矣。读《古文辞类纂》，韩、柳集，则有法度矣。若欲成家数，当浸淫秦汉子史，乃有得。桐城派褊薄，不足师也！诗则导源《文选》；《唐宋诗醇》所选极精，可全读。王、孟、韦、柳、李、杜、韩、白、苏、陆各大家集，均随性之所近学之；而杜为宗。《杜诗镜诠》最佳，宜全读。此外二李宜学；玉谿之绵丽，昌谷之奇丽，真所谓"不废江河万古流"者。赋亦导源《文选》，而《赋汇》为巨观。唐赋以王粲、黄滔为宗，选本无佳者；当于《文苑英华》求之；不得已，则律赋必以国朝赋，以吴锡麒、顾元熙为宗；大要树骨于六朝，研声于三唐而已。

其论学书，以为楷法率宗唐碑，欧、颜为尚。唐《石经》尤为有益，既供摹临，尤资考证。若欲以书名，则包慎伯《艺舟双楫》及吾之《广艺舟双楫》，遍见千碑乃能之；初学未易语此；博学详说，津逮后学，亦宏通，亦平实。

其论朱子《小学》为做人样子，入手始基；楷法须摹唐碑欧、颜，而不遽教以《艺舟双楫》；皆极平实之论也。后学骛其宏通而忽其平实；有为又放言高论，益之以怪。朱一新更诤以书曰："学术在平淡，不在新奇。宋儒之所以不可及者，以其平淡也。世之才士，莫不喜新奇而厌平淡；导之者复不以平淡而以深奇。学术一差，杀人如草；古来治日少而乱日多，率由于此。世亟需才，才者有几？幸而得之，乃不范诸准绳规矩之中，以储斯世之用；而徒导以浮夸，窃恐诋讦古人之不已，进而疑经；疑经之不已，进而疑圣；至于疑圣，效可多矣。"顾有为不为动。入京师；以《新学伪经考》献同龢；欲以微感其意，而同龢狃于故常，惊诧不已；以为真说经家一野狐也，益不欲见之矣！方是时，我败于日，海军歼焉。乃率其徒从礼部试，公车入都者凡数千人，上书申变法之议，世所传"公车上书"者是也。中国之有群众的政治运动，于是乎托始！及赴礼部试，题为"达巷党人曰大哉孔子"；而有为试文，结语曰："孔子大矣！孰知万世之后，复有大于孔子者哉！"盖隐以自况也！房考阅之，咋舌弃去。至二十一年乙未成进士，出侍郎李文田之门。文田恶其敢为诡诞，殿试得有为卷，抑置三甲；遂授职工部主事，不得翰林；有为大恨，竟削门生之籍！自是四年之间，凡七上书，申前议。而有为自负其口，工捭阖；于古今中外史迹，及人名年号统计之数目字，皆能历举无讹，见者惊其强记，而论议纵横，放得开，收得住，波澜极壮，首尾条贯；上说下教，虽天下不取，强聒而不舍者也！既通籍，住上斜街，仍颜其室曰万木草堂；仆从十许人，夹陛侍立，如王公贵人。久宦京朝，宾朋杂遝，争以望见颜色为幸。徒从既众，乃立强学会于京师，继设分会于上海，寻复开保国会于北京。朝论渐变，声生势张；旬日之间，必遍谒当国贵臣，见辄久谈，或频诣见；时翁同龢最号得君，在毓庆宫授帝读久，以户部尚书协办大学士，又为军机大臣，在总理各国事务衙门行走，以忠诚结主知，以和平剂群嚣。天下之士，奔走其门，而亦有为之所欲藉重以要君者也！乃谒同龢于总理衙门，高睨大谈，其大要归于变法；所具封事，曰立制度，新政局，练民兵，开铁路，借外债数大端。同龢心愤其狂而无以难也，为递折上。有为七上书而姓名达帝听；其最后书，请告天祖，誓群臣，以变法定国是。德宗诵之感愤；诏以有为前后折并《俄皇彼得变政记》皆呈慈禧太后览，而命同龢宣索有为所进书，令再写一分递进。同龢对："与有为不往来。"帝问："何也？"曰："此人居心叵测！"帝曰："前此何以不说？"对曰："臣顷见其所著《孔子改制考》知之。"帝默然！间日，帝又宣索有为书。同龢对如前。帝发怒诘责。同龢对传总署令进。帝以同龢老臣，又师傅；必欲藉以进有为而间执诸大臣之口，不许，曰："着汝诣张荫桓传知。"同龢曰："张荫桓日日进见，何不面谕？"帝终不许。同龢退，乃告荫桓。同龢既不悦于有为；而有为则故固不知，日日扬言于朝曰："翁师傅荐我矣！谓康某才百倍老臣也！"德宗则既激发于有为之上书，乃以光绪二十四年戊戌四月二十四日下诏誓改革；其诏草则仍以属同龢；而同龢先以示其门生南通张謇者也。顾二十七日，即下诏斥同龢揽权狂悖，开缺回籍。同龢则闻驾出，亟趋赴宫门，伏道旁碰头，帝回顾无言，神采极凋索也！于是文武一品官及满汉侍郎补缺者，咸具折谢太后。太后则已有疑于帝矣！特逐同龢以示警耳！而帝不为意！二十八日，召见有为；诏悉进所著书，曰《日本明治变法考》，曰《俄大彼得变政致强考》，曰《突厥守旧削弱记》，曰《波兰分灭记》，曰《法国革命记》，曰《孔子改制考》，曰《新学伪经考》，曰《董子春秋学》，凡八种。德宗既读所进《波兰分灭记》一种，泪承于睫，汍澜湿纸；曰："吾中国几何不为波兰之续矣！"特赏给编书银二千两。又以有为言，显擢内阁候补侍读杨锐，刑部候补主事刘光第，内阁候补中书林旭，江苏候补知府谭嗣同四人，均著赏四品卿衔，在军机章京上行走，参预新政事宜；所谓"四新参"者是也。废八股，开学堂，汰冗员，广言路，凡百设施，不循故常；而有为发纵指示，实管其枢。内阁学士阔普通武又以有为指，奏请行宪法而开国会。廷议不以为然，德宗决欲行之。大学士孙家鼐谏曰："若开议院，民有权而君无权矣！"帝喟然曰："朕但欲救中国耳！若中国得救，朕虽无权无害！"于是大臣不悦。大学士荣禄既出为直隶总督，谒帝请训。适有为奉旨召见，因问："何辞奏对？"有为第曰："杀二品以上阻挠新法大臣一二人，则新法行矣！"荣禄唯唯，循序俯伏，因问："皇上视康有为何如人？"帝叹息不早用也！已而荣禄赴颐和园谒辞皇太后。时李鸿章新失职，放居贤良祠；谢皇太后赏食物，同被叫入。荣禄奏："康有为乱法非制。皇上如过听，必害大事，奈何？"因顾鸿章，谓："鸿章多历事故，不可不为皇太后言之。"太后问曰："鸿章意云何？"鸿章即叩头称皇太后圣明。太后叹息："儿子长大，宁知有母？我问不如不问。汝为总督，凭汝所知好为之，勿负我！"荣禄即退出。有为告人："荣禄老辣，我非其敌也。"太后既以荣禄言益疑德宗。而德宗珍妃、瑾嫔皆编修文廷式女弟子。珍妃尤得宠，既怂恿帝大考翰詹，预知赋题为《水火金木土谷》，以告廷式，使宿构考取第一；并代妃兄捉刀，列高等。既而与太后争谐价鬻官，先鬻广州织造于玉铭，又鬻上海道于鲁伯阳。旨下，两江总督刘坤一不识伯阳何如人，电奏诘问。为太后所知，召珍妃讯实，挞而幽之。母子间嫌隙益深矣！于是谭嗣同进密计，说帝召见武卫军统领袁世凯，好言抚之，擢兵部侍郎；而嗣同夜驰谒世凯，传帝旨，诏以勒兵废太后，诛荣禄。世凯患嗣同躁，又惮荣禄，不即发也。荣禄则微有闻，伺世凯来谒，卒问之。世凯既不得隐，则以归诚于荣禄。事泄，太后怒，临朝训政，夺帝柄而锢诸。急逮御史杨深秀及谭嗣同、林旭、杨锐、刘光第与有为之弟曰广仁者，骈戮焉，世所谓"戊戌六君子"。广仁以康有为弟，而深秀以常言得三千杆毛瑟围颐和园有余也。各省惟湖南行新政最认真，得罪最甚！巡抚陈宝箴、学政江标、巡警道黄遵宪皆革职。然太后终疑帝之任有为，以翁同龢故；乃下诏罪同龢，着地方官严加管束，禁交关宾客；其词以荐康有为也！独有为先期得帝旨，令逃走，且曰："他日更效驰驱，共建大业。"则微行之上海，得英人以兵舰迎护，至香港，仅乃免于难也！遂署号曰更生。自是亡命海外，作汗漫游者十六年，随从奴子皆顶戴如戈什。华侨望见，疑为中国大臣，输款伥左，日盈于门；则以其间纠合海内外同志，名其会曰保皇会，一以声援在幽之德宗，一以消杀革命之势力。卒无有成功，而意气不衰！足迹所之，遍十三国；率以为莫吾中国若也！作《爱国歌》以见意曰：

　　登地顶昆仑之墟，左望万里，曰维神洲。东南襟沧海，西北枕崇丘。岳岭环峙，川泽汇流。中开府之奥区，万国莫我侔。

　　我江河浩浩万余里，其余百川无涯涘。江南十里必有川，深广可以泛汽船！新头、恒河与密士失必，浅窄仅比我小泉；来因、多铙、泰吾士、先河、秦摆，皆是短小流涓涓！幼发拉的、底格里两河，难比江河之长源。万国无我水利专。巨山广泽，大野深林，原隰陵衍，江河溪浔。千百里间，必备崇深。相彼印度与北美，万里平原无寸岑。埃及、波斯、阿拉伯，沙漠沉沉。地形自欧洲之外兮，无与我并驾而倚衿。

　　地兼三带，候备寒暑。川岳含珍，原野平楚。五金荟萃，万宝繁臕。以花为国，灿烂天府。横览大地，莫我能与！

　　鸟兽昆虫，果蓏草木。亿品万汇，物产繁毓。羽毛齿革，锦绣珠玉。衣食器用，内求自足。五色六章，祛丝为服。饮馔百品，美备水陆。冠绝万国，犹受多福！

　　巍巍我祖，懿惟黄帝！天启神灵，创始治世。监视万国，无如赤县地。自崑崚西，东徙临莅。时巡镇抚，师兵营卫。有苗蚩尤，铁额铜头！是戮是平，乃统九洲。力牧开辟，风后宣猷。仓颉制字，文明休休！

惟我文明，曰五千年。历史绵远莫我先！埃及金字陵，中绝文明不传！印度九十六道，微妙多不宣。惟我圣作文字远而存。尧舜让帝创民主，孔子改制文教宣！汉、唐开辟益光大，东亚各国皆我文化权。希腊兴周末，文章盛贺、梅。罗马更是强汉世，皆只当我云来孙！何况欧洲诸国之后生，岛陆群种，属更何言？

我同胞兮祖轩辕！《世本》族谱百世传；皆诸侯大夫遗子孙，金枝玉叶布中原。于今兄弟五万万，同一源！地球之大姓，莫我远原！万国之人民，莫我庶繁！

中华地大比全欧！全国同文东亚洲！日本、高丽、安南，皆我语言文字之遗留。虽有闽、粤音稍转，十六省语能通邮。印度文二十，语言分四流。欧洲十余国，国国语文殊异难搜求。奥国十四文；英之威路士与爱尔兰，语言殊异难讲闻。彼遍设铁路尚如此，我无铁路乃能同语文。大地同化之力，无如我神！

神禹开华夏，秦汉大一统。长城万里压尨厹，张骞西域远凿空！汉武唐太鞭四夷，南朔东西皆入贡。郭侃百日灭波斯，天朝自古诸蛮重！亚洲国土我最尊，上国之人众所奉！至今安南、印度称阿叔，二千年内神威动！

我人相好端金色，我人聪明妙神识，我国制作最先极！据几着裤持箸饮。突厥、印度、埃及号文明，不裤手食坐地席；英用刀匕二百年，倍根之世尚不识。惟我圣贤豪杰多如鲫，文化武功如交织。我心怦怦起感激，大地文明世家我第一！

我若生高丽兮，一时胁罢兵而亡！噫！我若生阿富汗、暹罗之小国寡民兮，虽自厉而无能强！噫！我若生印度兮，久为奴而无乡！噫！我若为突厥、波斯之人兮，教力压而难扬！噫！我即为荷兰、比利时、瑞典、丹、墨之国民兮，蕞尔强善而难张！噫！我又为德、法、奥、意诸强之民兮，争雄于欧，而难逞大力于太平洋！噫！方霸义之相竞兮，非有广土众民难回翔。惟我有霸国之资兮，横览大地无与我颉颃。我何幸生此第一大国兮，神气王长！

我之哲学包东西！我无压力无所迷！我欲自强兮，一号而心齐！大呼而奋发，气锐神横飞！我速事工艺汽机兮，可以欧、美为府库！我人民四五万万兮，选民兵可有千万数！我金铁生殖无量兮，我军舰可以千艘造！纵横绝五洲兮，看黄龙旗之飞舞！

有为不以诗名；然辞意非常，有诗家所不敢吟，不能吟者。盖诗如其文，糅杂经语、诸子语、史语，旁及外国佛语、耶教语；而出之以狂荡豪逸之气，写之以倔强奥衍之笔，如黄河千里九曲，浑灏流转，挟泥沙俱下，崖激波飞，跳踉啸怒，不达海而不止；返虚入浑，积健为雄；权奇魁垒，诗外常见有人也。

自负为先知先觉；及为文章，誉己如不容口。言大道，则薄后进而以为不如我知。论政俗，则轻欧、美而以为不及中国，每语人曰："未游欧洲者，想其地皆琼楼玉宇，视其人若皆神仙才贤；岂知其放僻邪侈，诈盗遍野。故谓百闻不如一见也！"时亦以此召闹取怒。然笔墨通于情性；而怪奇伟丽，往往震发于其间！此所以使好奇爱博者不卒弃也。方居外国为亡人，受其保护，而议论常轻之，自矜自重。尤喜以孔子学说衡量欧、美一切宗教、道德、政治、风俗，犹之林纾以古文义法，衡量欧、美文学也。所言之趣不免于非，而要期于辅世长民，拂俗匡时，足以资论证、备考镜。

其论宗教曰："吾于二十五年前，读佛书与耶氏书，窃审耶教全出于佛。其言灵魂，言爱人，言异术，言忏悔，言赎罪，言地狱天堂，直指本心，无一不与佛同。其言一神创造，三位一体，上帝万能，皆印度外道之所有；但耶改为末日审判，则魂积空虚，终无入地狱、登天堂之一日；不如说轮回者之易耸动矣！其言养魂甚粗浅，在佛教中，仅登斯陀含果，尚未到罗汉地位。考印度九十六道之盛，远在希腊开创之先；则七贤中毕固他拉之言灵魂，戒杀生，已有所自。盖希腊之与印度，仅隔波斯，舟车商贾大通，则文学教化，亦必互相输转。波斯已侵印度，至亚力山大半吞印度，印之高僧人士，必多有入波斯、希腊而行于巴勒斯坦、犹太之间，此尤浅而易征者矣！且以外仪观之，耶教亦无一不同于佛教焉。不娶妻，一也。出家不仕宦，二也。堂上供像以敬礼，或木像、金像、画像，三也。左右设白蜡烛多对，烧香，四也。案上陈花瓶，五也。

神前设坛，几案布席，六也。供酒食，七也。僧衣袈裟亦有斜条，八也。合掌跪拜，九也。肩挂数珠，或手弄之，乃至人民多然；女子颈皆挂之，与蒙满俗同，而今施之中国长官矣！十也。神前昼夜点长明灯，十一也。鸣钟磬，十二也。神前跪诵经，十三也。朝夕礼拜讽诵，十四也。有食斋日，断肉，十五也。僧居寺中修习，十六也。女尼，十七也。出游着法服，十八也。削发之一部，十九也。有僧正法王统之，二十也。路德之娶妻改像法，犹日本亲鸾之改真宗，西藏莲华生之娶妻改红教，虽人情盛行，实非教主正义。考其内心外礼，无一不同；其为出于印之教无可疑！英之学士多证其然。恶士佛大学教习麦古士米拉作《宗教起元论》，以《新约》证之《佛典》皆同，尤可为据矣。佛兼爱众生，而耶氏以鸟兽为天之生以供人食，其道狭小不如佛矣！然其境诣虽浅，而推行更广大者，则以切于爱人而勇于传道。其传道者曾以十三代投狮矣！耐劳苦，不畏死而行之，而又不为深山枯寂闭坐绝人之行，日为济人之事，强聒不舍，有此二者，此其虽浅易而弥大行欤？夫道在养魂。行在医济，身神并有以养，而又以大仁大勇推之，蔑不济矣！虽近者哲学大盛，哥白尼、奈端重学日出，达尔文物体进化之说日兴，其于一神创造上帝万能之理，或多有不信。然方今愚夫多而哲士少，尚当神道设教之时；设无畏警，则尽藉人力，其于迁善改过者必不勇。盖观于朱子为无鬼论而可证矣！耶教以天为父，令人人有四海兄弟之爱心，此其于欧、美及非、亚之间，其补益于人心不鲜。但施之中国，则一切之说，皆我旧教之所有。孔教言天至详，言迁善改过，言鬼神，无不备矣；又有佛教补之；民情不顺，岂能强施？因救人而兵争，至于杀人盈城野，未能救之而先害之，此则不可解者矣！求之中国；独墨子传道于巨子以为后，至死百余人而争之，可谓重大矣！巨子，即教皇也，墨子尊天明鬼，尚同兼爱，无一不与耶同。使墨子而成教主，中国亦有教皇出矣。但墨子有妻而多鬼，此则不同。其道太觳，夫不言魂而尚苦行，此必不可行者也！庄子以为去于王远，岂不宜哉？夫古之为教主者，多有异术以耸人心；观佛之服大迦叶及诸梵志，皆以异术；耶稣亦然。墨子乃从哲学者，王阳明亦直指本心，颇与耶同；然皆有道而无术。于吉之流，有术无道。惟张道陵尊天尚仁，又有符咒之术，道术全备，殆与耶同。其张角三十六方同日起，几成教皇矣，而一败不振！而晋名臣谢安、郗鉴等尚奉其道；卢循亦然，必有可观者！若寇谦之所挟大矣；然又有术无道。推诸子所以致败，则以中国孔子之道，无所不备；虽以佛教之精深，尚难大行，况余子哉？其中虚者，外得侵之；其中实者，外物不久。中国本自有至精美之教，此诸子之所以难大盛也！故佛教至高妙矣，而多出世之言，于人道之条理未详也。基督尊天爱人，养魂忏恶，于欧、美为盛矣；然而今中国人也，于自有之教主如孔子者，而又不得尊信之，则是绝教化也。夫虽野蛮，亦有其教；则是为逸居无教之禽兽也！今以人心之败坏，风俗之衰敝，稍有识者，亦知非崇道德不足以立国矣！而新学之士，不能兼通中外之政俗，不能深维治教之本原，以欧、美一日之强也，则溺惑之。以中国今兹之弱也，则鄙夷之。溺惑之甚，则于欧、美敝俗秕政，欧人所弃余者，摹仿之惟恐其不肖也！鄙夷之极者，则虽中国至德要道，数千年所尊信者，蹂躏之，惟恐少有存也！于是有疑孔教为古旧不切于今者，有以为迂而不可行者。吁！何其谬也。夫伦行或有与时轻重之小异，道德则岂有新旧中外之或殊哉？而今之新学者，竞嚣嚣然昌言曰：方今当以新道德易旧道德也。嗟夫！仁、义、礼、智、忠、信、廉、耻，根于天性，协于人为，岂有新旧者哉！《中庸》之言德，曰聪明睿智，宽裕温柔，文理密察，斋庄中正，发强刚毅；而仁智勇为达德；岂有新旧者哉？岂有能去之者哉？欧、美之贤豪，岂有离此德者哉？即言伦行父慈子孝，兄友弟恭，君仁臣忠，夫义妇顺，朋友有信，岂如韩非真以孝、弟、忠、信、贞、廉为'六虱'乎？则必父不慈，子不孝，兄不友，弟不恭，君不仁，臣不忠，夫不义，妇不顺，朋友欺诈而不信，然后为人而非虱，为新德而非旧道乎？推彼之言新道德者，盖以共和立国，君臣道息，因疑经义中之尊君过甚也，疑为专制压民之不可行也。岂知先圣立君臣之义，非专为帝者发也。《传》曰：'王臣公，公臣卿，卿臣大夫，大夫臣士，士臣仆，仆臣隶，隶臣皂，皂臣舆，舆臣台。'由斯以观，士对大夫为臣，而对仆为君，仆对士为臣，而对隶为君矣；故严其父母曰家君，尊家长曰君，此庶人亦为君之证也。故秦汉人相谓为君臣。汉、晋时，郡僚对郡将称臣，且行君臣之义焉。而今人与人言，尚尊人为君，自谦为仆焉。盖君臣云者，犹一肆一农之有主伯亚旅云尔。其司事总理之主者，君也；其奔走分司百执事之亚旅，臣也。总理待百执事，当仁而有礼；百执事待总理，当敬而尽忠。岂非天然至浅之事义，万国同行之公理者哉？岂惟欧、美力行之，其万国前有千古，后有万年，岂能违之哉？藉使总理之待百执事，不仁而无礼；百执事之待总理，不忠而傲慢，其可行乎？若以是为道，恐一商肆一工厂一农场之不能立也！自梁以后，禁属官不得称臣，改称下官；于是臣乃专以对于帝者。今若不以君臣为然，则攻梁武帝，可也！以疑孔子，则无预也！孔子之作《春秋》也，各有名分，其道圆周；故书君，无道也；书臣，臣之罪也。莒人弑其君庶其。《公羊》曰："书人以弑者，众弑也，君无道也。"岂止诛臣弑君而已哉？故孟子曰："闻诛一夫纣矣，未闻弑君。"孔子曰："汤、武革命，顺乎天而应乎人。"今之言革命者，实绍述于孔子。若必如宋儒尊君而抑臣，则孔子必以汤、武为篡贼矣！盖孔子之道，溥博如天，并行不背，曲成不遗，乃定执君臣一义以疑圣，岂不妄哉！孔子于《礼》设三统，于《春秋》成三世，于乱世贬大夫，于升平世斥诸侯，于太平世去天子。故《礼运》孔子曰："大道之行也……某未之逮也，而有志焉。""大道之行也，天下为公，选贤与能。"孔子之所志也，但叹未逮其时耳。孔子何所不备！法国经千年封建压制之余，学者乃始倡人道之义，博爱、平等、自由之说。新学者言共和慕法国者，闻则狂喜之，若以为中国所无也；揭竿树帜以为新道德焉，可以易旧道德也！夫人道之义故美也。《中庸》曰："仁者人也。"孟子释之曰："仁者人也，合而言之道也。"故人与仁合，即谓之道。孔子曰："道二，仁与不仁而已矣。"故《中庸》

又曰：'道不远人，人之远人，不可以为道；……故以人治人，改而止。'则人道之义，乃吾《中庸》《孟子》之浅说，二千年来，吾国负床之孩、贯角之童皆所共读而共知之。昔日八股之士，发挥其说，鞭辟其辞，无孔不入，际极天人；是时欧人学说未出未发，但患国人不力行耳，不患不知也！乃今得'人道'二字奉为舶来之新道德品，而以为中国所无也，真所谓家有文轩而宝人之敝轝也！夫《中庸》《孟子》，孔子之学也，非僻书也；而今妄人不学无知，而欲以旧道德为新道德也。人有醉狂者，见妻于途，惊其美而搂之，以为绝世未见也。及归而醒，乃知其为妻也。今之所谓新道德者，无乃醉狂乎！《论语》曰：'仁者爱人。''泛爱众'。韩愈《原道》犹言'博爱之谓仁'。《大学》言平天下，曰：'絜矩之道。'《论语》子贡曰：'我不欲人之加诸我也，吾亦欲无加诸人。'岂非所谓博爱、平等、自由而不侵犯人之自由乎？《论语》《大学》者，吾国贯角之童、负床之孩，所皆共读而共知之；昔日八股之士，发挥其说，鞭辟其义，际极人天。是时欧人学说未出未发，患国人不力行也。乃今得博爱、平等、自由六字，奉为西来初地之祖诀，以为新道德品，而以为中国所无也！真所谓家有锦衣而宝人之敝屣也！夫《论语》《大学》，孔子之学也；非僻书也；而今妄人不学无知，而欲以新道德为旧道德也。贫子早迷于异国，遇父收恤抚养之而不知也；谬以为他富人赠以璎珞也。今之妄人，不学无知，奚以异是也！以《论语》《大学》《中庸》之未知未读，而妄攻孔子为旧道德。夫孔子，以人为道者也，故《公羊》家以孔子为与后王共人道之始。盖人有食味、被服、别声、安处之身，而孔子设为五味、五色、五声、宫室之道以处之。人有生我，我生，同我并生，并游并事偕老之身；而孔子设为父子、夫妇、兄弟、朋友、君臣之道以处之。内有身有家，外有国有天下，孔子设修身、齐家、治国、平天下之道以处之。明有天地、山川、禽兽、草木，幽有鬼神；孔子设为天地、山川、禽兽、草木、鬼神之道以处之。人有灵气魂知死生运命，孔子于明德养气，穷理尽性以至于命，无不有道焉。所谓人道也，上非虚空之航船道，下非蛇鼠之穿穴道；孔子之道，凡为人者不能不行之道。故曰：'何莫由斯道也。'凡五洲万国，教有异，国有异；而惟为僧出家者，不行孔子夫妇之一道而已。此外乎？凡圆颅方趾号为人者，不能出孔子之道外者也。夫教之道多矣：有以神道为教者，有以人道为教者，有合人神为教者。要教之为义，皆在使人去恶而为善而已；但其用法不同，圣者皆是医王，并明权实而双用之。古者民愚，阴冥之中，事事物物，皆以为鬼神；圣者因其所明而怵之，则有所畏而不为恶，有所慕而易向善；故太古之教，必多明鬼；而佛、耶、回乃因旧说，为天堂地狱以诱民。独孔子敷教在宽，不语神怪，不尚迷信，故教以仁让，务民之义；不如佛、耶、回之天志明鬼。然治古民用神道；渐进，则用人道。吾昔者视欧美过高，而以为渐至大同，由今按之，则升平尚未至也。孔子于今日犹为大医王，无有能易之者。而病者乃欲先绝医，殆死矣。"则是欧洲宗教道德，不如中国一也。

论政治曰："人民之性，有物则必争，平等则必争；至于国土尤争之甚者。故自种族而并成部落，自部落而合成国家，自国家而合成一统之大国，皆经无量数之血战，仅乃成之。故自分而求合者，人情之自然。孔子倡大一统之说，孟子发‘定于一’之论，盖目睹争地以战，杀人盈野，故大倡统一以救之。李斯绍述荀卿之儒学，预闻微言，故丞相绾等请立诸子以为侯王；始皇用李斯言不行，乃分天下以为三十六郡。自是封建废；中国遂以二千年一统，民安其生；比之欧洲千年黑暗之乱祸，其治安多矣！然我国幸而一统得以久安；不幸则以无竞争而退化！求所由然，则我国地形，以山环合；欧西地形，以海回旋。山环，则必结合而定一。海回，则必畸零而分峙。故马其顿、罗马之一统，实年不过六七百；而战国、三国、六朝、五代之分裂，亦不过六七百年。我国数千年，以合为正，以分为变。欧洲数千年，以分为正，以合为变。此则其大同而相反之故；而一切政俗因之。呜呼！岂非地形哉！我昔尧、舜咨岳，盘庚进民，岂非宪政公诸庶民之具体？而中国亘古乃无议院政体，民举之司者；国民非不智也，地形实为之也。盖民权之起，必由小国寡民，或部族酋长之世，地方数十里十余里不等；人民自千数百至数万，人多相识；君不甚尊，去民不远；而贵族争政，君位难久，迭代为君，而渐陵夷以臻议院政体出焉。而欧洲数千年时之有国会者，则以地中海形势使然；以其港岛槎枒，山岭错杂，其险易守，故易于分立而难于统一。分立，故多小国寡民，而王权不尊，而后民会乃能发生焉。若印度则七千里平陆，文明已数千年，在佛时虽分立多国而皆有王，人民繁多，君权极尊，国体久成，非同部落。若波斯则自周时已为一统之大国，帝体尤严。埃及、巴比伦、亚西里亚更自上古已为广土众民之王国。至阿剌伯起立更后，不独染于旧制，亦其教理已非合群平等之义，益无可言。凡此古旧文明之国，则必广土众民而后能产出文明；既有广土众民，则必君权甚尊，而民权国会皆无从孕育矣。况我中国之一统，已当黄帝、尧、舜之世；盖古号九州为中国者，在大江以北，太行以南，旷野数千里，地皆平陆，无险可守；故为一统帝国之早之远，在万国之先。不止成国体，立君权而已；既为数千里之大国众民，则君权必尊，无可易者。统全大地论之：他国野番之部落，会议盖多；但无从得文明以立国。亚洲之文明立国已久，则以大国众民，君权久尊而坚定，无从诞生国会。惟欧洲南北两海，山岭丛杂，港汊繁多。罗马昔者仅辟地中海之海边，未启欧北之地；至欧北既启，则无有能统一之者。以亚洲之大，过欧十倍，而蒙古能一之。而欧洲之小，反无英雄定于一；故至今小国林立。而意大利、日耳曼中自由之市，若喱呢士、汉堡之类时时存焉。至英以条顿种与挪曼人同漂泊于不立颠，传其旧俗而世行之。至西一千二百六十五年，约翰王时，遂定大宪章，日益光大，以至今日而推行于天下。英国世有王，而国会不废，久之且全夺王权，而成为立宪最坚之政体；而大地立宪政体皆法之。此为大地最奇特之事，亦绝无而仅有之事！盖考英当威廉由荷兰入主英国之时，当我清康熙二十七年，而是时英全国人口不过五百万，区区小国寡民，故克林威尔之革命，亦不过如春秋时列国之废逐其君，晋厉、宋殇之弑，鲁昭、卫辄之出，若是者不可胜数。卫人立晋，乃出于众；贵族柄政，盖视为常。苏格兰、阿尔兰之混一不久，上溯约翰世又四百年，计其时英国仅英伦一隅，当西一千二百六十五年，人民必不过二百余万；如威廉第一之世，不过百余万耳；立国于宋世，亦不过人口数万或十数万；名虽有王，不过如今滇、黔土司之酋长耳。盖民数甚少，则君不尊大；地僻海隅之一岛，则罗马及东方大一统之宏规不见；故能传其旧俗而不至灭绝。及文明大启，则国会已坚；而又有希腊、罗马议会故事，傅会之以为民治之极隆；而国会之制，遂为大地之师焉。故日耳曼之分国虽多，而独能传其旧俗者，（日耳曼开创之始，攘辟山林，粗开部落，未成国土，未有君王，部落既多，群族相斗，必开会谋之。凡称戈之卒皆得预议，不能荷戈者不得预会。所议者，公举头目将军及编兵之事，而预会者亦只有赞成可否之权，无发言之权。焚火射矢以集众于邱陵林丛，可者舞蹈，不可者击器以乱之，其大不愿者则投戈于地。此种集会，实为英伦国会制之俶落权舆矣。）不属他国而属英伦，则以边海之小岛寡民故也。故曰地形使然也。然则中国之不为议院先进，非中国人智之不及，而地势实限之也。吾又游法国烟弗列武库，正室有各国戎衣，吾国御用甲胄及将士之服存焉。御用甲绣龙，铜片蔽足二，玉如意夹之；咸丰十年，法、英联军入京得之者也。惟兵士衣宽袖褂，背心博裤，直非武服，置之各国兵服比校中，非止惭色，亦觉异观，不伦不类，鲜有不以为笑者！岂知吾国一统久矣，养兵仅为警察，只以捕内盗，原非以敌外侮，故谓通国数百年无兵可也。夫苟如欧洲之群雄角立，安得不治兵？观吾战国时，魏有苍头，秦

有武骑，齐有武士，可见矣！惟为一统，天下一家；环我小夷，皆
悉主臣，听吾鞭箠，无敢抗行者；故可罢兵息民，仅存巡警；此真
一统天下之宏规，而非欧人诸小竞争所能望我治平者也！然则兵衣
宽博，乃益见吾一统、久安不竞之盛规。但今者汽船大通，万国沟
合；吾已夷为列国，非复一统，冬夏既更，裘葛殊异，而犹用昔者
一统之规以待强敌，则大谬矣！然欧人经千年黑暗战争之世，苦亦
甚矣！今读《五代史》，五十余年之乱杀，尚为不忍；而忍受千年
之黑暗乱争乎？今中国迟于欧洲之治强，亦不过让之先数十年耳！
吾国方今大变，即可立取欧人之政艺而自有之；岂可以数十年之弱，
而甘受千年之黑暗乎？”则是欧洲分争，不如中国统一者又一也。

论法治曰：“中国奉孔子之教，固以德礼为治者也。孔子曰：
‘道之以德，齐之以礼，有耻且格。道之以政，齐之以刑，民免而
无耻。’太史公曰：‘法者，制治之具，而非制治清浊之原也；故
法出而奸生，令下而诈起。’中国数千年不设辨护士，法律疏阔而
狱讼鲜少。戴白之老，长子抱孙；自纳税外，未尝知法律。盖以半
部《论语》治天下，国民自以礼义廉耻，孝弟忠信，相尚相激，而
自得自由故也。今南洋华人父子兄弟之间，开口即曰‘沙拉’‘沙
拉’，欧化哉！‘沙拉’者，法律也！盖以个人独立之义，有国而
无家，故薄恩义而但尊法律。然奸诈盗伪，大行于奉法之中。诚哉
其免而无耻也！法治乎，何足尊！”则是欧洲法治，不如中国礼法
者三也！

论自由曰：“中国人之生长于自由而忘自由，犹之其生长于空

气而不知空气为何物耳。世之浮慕共和、自由、平等者，必称法国。夫法国之所以不得不革命者，以法国王者之下，尚有群侯大僧之交为压制也。夫法之小当吾两省耳；而建侯十万。当时德国封建三十万。奥封建二万。英尤至小，封建六万余。一侯之下，分地主无数。地主皆为封君，有治民之权。其税也，王取十之五，僧取十之四，侯则听其所取，乃至刈麦之刀，烧面之锅，必租于侯而不能自由。营业职工，皆有限禁；物价皆听发落；民之物产，随意没取；聚会言论，皆有禁限，违旧教者焚之。民刑皆无定律，惟判官之所轻重；而君大夫之夫人、公子、女公子，皆得擅刑讯罚而置私囚焉。民禁不得为吏，禁不得适异邦，但充封君之奴。女子惟封君之所取，其嫁也，必待封君之宿而后得配夫焉。民久苦压制之酷毒，故大呼‘不自由，无宁死’也。所求自由者，非放肆乱行也；求人身自由，则免为奴役耳！免不法之刑罚、拘囚、搜检耳！求营业之自由，免除一切禁限耳！求所有权之自由，不能随意没取耳！求聚会、言论、信教之自由，今煌煌著于宪法者是矣！求平等者，非绝无阶级也；求去其奴佃而得为官吏，预公议、民刑裁判、纳税，皆同等而已。试问吾中国何如？中国之为小地主，听人民自有田地；盖自战国以至于今，乃在罗马未出现之前，不止日耳曼矣。自秦、汉已废封建，人人平等，皆可起布衣而为卿相；虽有封爵，只同虚衔；虽有章服，只等徽章。刑讯到案，则亲王宰相与民同罪。租税至薄，乃至取民十分之一，贵贱同之。乡民除纳税诉讼外，与长吏无关。除一二仪饰黄红龙凤之属稍示等威，其余一切皆听民之自由，凡人身自由，营业自由，所有权自由，集会、言论、出版、信教自由，吾皆行之久也矣！法大革命所得自由平等之权利，凡二千余条；何一非吾国人民所固有，且最先有乎？但有之已数千年，而忘之不知夸耳！今吾国欲再求自由，除非遇店饮酒，遇库支银，侵犯人而行劫掠，必更无自由矣！今法人尚存世爵数万，仍有尊称，吾乃无之；吾国突进于法多矣！今吾国欲再求平等，则将放肆乱行，绝无阶级。法之平等、自由，果若此乎？嗟乎，纪纲尽破，礼教皆微，何以为治？故中国之人早得自由之福已二千余年。而今之妄人不察本末，以欧人一日之强，乃欲并其毒病医方而并欲效法而服之。昔有贵人，有痛而割之，血流殷席，命几不保。有贫子美好无病，慕贵人之举动，乃亦引刀自割，貌为呻吟，已而剖伤难合，卒以自毙。今吾国妄人媚外者，自以为取法于法、德，发狂呼号，日以革命自由为事；不几类美好贫子，引刀自割，貌为呻吟，卒以创伤自毙者？岂止见笑于欧、美之识者，无病服毒，不其伤乎！"则是欧洲平等自由，不如中国先进者四也。

论妇女独立曰："巴黎之以繁丽闻于大地者，在其淫坊妓馆、镜台绣阁，其淫乐竟日彻夜。已领牌之妓凡十五万，未领牌者不可胜数。若其女衣诡丽，百色鲜新，为欧土冠。各国王子，宁舍帝王之位而流恋巴黎之妓乐。而贵家妇女，亦多有出而为妓者。法人自由既甚，故妇女多不乐产子，有胎则堕之，以故户口日少。盖自同治九年，德法战时，法人已逾三千万，迄今亦不过三千余万，就此二三十年间，德之人，增至六千二百余万，英增至四千余万，而法乃日衰。若仍此不变，法可自绝灭，不待人灭绝之也！此其故何哉？
一薄于教孝也。夫妇女之生子，自孕妊至诞育抚养，至苦矣！当其
妊也，行动饮食，卧起皆不便，男女之道又绝；至妊成而产，则痛
苦呻吟如割，或有害及生命者；幸而母子无恙，则抚婴劬劳，乳之
哺之，提之携之，夜则转侧号啼，病则抚摩按抱，时而竟夕不寐，
当餐不食。以其生育之、抚养之、劳苦之甚也。故孔子立法尚孝，
教子报之；故《诗》曰'欲报之德，昊天罔极'也。以中国之厚于
父母，故女母乐于生子而望倚养于终身，报之于耆老。是故女有生
子之望，人无堕胎之俗；故中国人民繁多，过于万国；盖有由也！
今欧、美之俗，人人自立，父母不能有其子；劬劳而抚子，子长而
嫁娶，别父母而远居，积财而不养父母；岁时省亲，仅同作客；其
父困绝而不必养；其母病而不之事。既无得子之报，然则为妇女者
何所望于子？安所肯舍性命、忍嗜欲、耐劳苦，而生之抚之？无宁
预绝其萌以省事耶？一妇女自立也。凡天下之忍苦耐劳待人者，必
其不能自立，不得已而出之者也。苟能自立，则自由绰绰，何事忍
苦耐劳而待无所为之人哉？今妇女之于子也，产之至苦也，抚之至
劳也，育之至艰也，不知若何艰苦，然后得子之成立，则待我之老
而子养焉，待子之富贵而我尊荣焉，甘耐无穷之劳苦，而思有以易
之。今我自能养，我自能富贵尊荣，无事于求人待人；然则何为竭
十余年之力，忍苦耐劳而生子养子哉？无宁预绝其萌而先堕之。美
国堕胎之俗，有同于法；妇人居常之论，皆不愿有子矣。美之禁堕
胎也，罚银六千元，囚三年，然不足以禁之！德、英妇女之好淫乐

而自立，今虽未至于法之地位；然独立之风既扇，亦必不能久矣。其妇女为教习者，且多不愿嫁人。然则欧、美之人口，不其危乎？嗟夫！天下万事，皆赖人类为之；若人类减少，则复愚。人类灭绝，则大地复为狉獉草昧之世。而人之生也，皆赖妇女。故妇人不愿有子，乃天下之大变，洪水猛兽，不烈于此者也。而法、美以文明自由闻；乃先有之，且盛行焉！立法之难，得乎此则失乎彼。抑女而过甚，则非男女平权之义；矫之以独立，又有生人道尽之悲。谈何容易，得其宜乎？今之学者，不通中外古今事势；但闻欧人之俗，辄欲舍弃一切而从之，谬以彼为文明而师之。岂知得失万端，盈虚相倚，观水流沙转而预知崩决之必至。苟非虚心以察万理，原其始而要其终，推其因而审其果者，而欲以浅躁一孔之见，妄为变法，其流害何可言乎！"则是欧洲妇女独立，不如中国教孝者五也。

论衣服曰："中国饮食衣服之美，实冠万国，他日必风行万国。凡美者，人情之所爱。丝服之美，自在优胜劣败之例；不能以欧人一日之长而见屈也。吾国地兼三带，衣服亦备寒暑，既无印度之薄縠，天衣无缝；亦非欧土之厚绒，紧迫其身；不宽不紧，易减易增，披服简便，过于欧、美远矣！欧土多寒，故西服用绒，紧束其身。若我温带，施于盛暑，汗淋如渍，尤损卫生，限以三袭，大寒不能加，盛暑不能减，于观不美，于体不宜。吾昔病于纽约，美医谓我曰：'中国服制最宜。曾有千人大会，莫不感寒，惟中国公使独无恙。若他日变法，一切可变，惟服制必不可变！'吾谓欧服以绒，中服以丝，取材不同。欧服尚披禽兽之毛，羶腥未除；而丝则我天产至美之物也。若吾国舍其天产而从人，则一国四万万人皆服毡绒之服，一人四袭，一袭至贱者二十金，并革履毡帽，人必百金而后可。是我舍数万万金之丝，无所用之，而须购绒革之服料于外。以人百金计之，是费四五万万兆而纳贡于外，过于八国联军之赔款尚百倍也。且吾中国乃大地丝产国也，民之衣食于丝织者以数千万计也。今一易服，全国衣履冠带之丝，皆尽失业，丝织者彷徨而不知所措矣！何为变本加厉，倾民之所有以自敝乎？万国皆不产丝，而为中国独有之天产；上考《禹贡》，蚕桑丝筐，已在四千年前。故服物之五色六章，最为妙丽。此天以最厚吾中国者，宁可弃天赋乎？弃天赋者不祥，弃土产者自敝，服毡绒者退化，随人后者无耻！印度岂不变服；益为奴耳；于自立何有！将欲以此为亲；吾面既黄，虽欲亲而安能亲？日本小岛耳，炮声隆隆，则欧、美畏媚之！近各国王宫，多为日本装殿，而美人暑时，亦多为日本服，但使内政修明，物质精美，炮舰大横庚庚，则中国丝服，自为大地所美而师之。若徒改服乎，则印度人与黑人之改服，何见亲之有？吾奴吾奴耳。何有堂堂数千年文明之中国，抚有天产吾丝，文章之美，而自弃之，以俯从深林后起日耳曼之毡服！"则是欧服毡绒，不如中国丝服者六也。

论膳食曰："膳食之美，必地为大陆而后得之。大地之国，吞大陆者四域；欧土、波斯、印度及中国耳。印度诸教盛行，多所戒禁，或不食豕，不食羊，或不食牛，不食鸟，或全戒杀生，若此，则食不能美。且其地奇热，好食苦辣腥臭之味，尤为印人所独，而外人不能入口焉！波斯信回教与火教，亦多所禁食。欧土自中世纪黑暗世后，侯国竞争，国境小或十数里，界关隔绝，百货难通，则食品难集！至今尚脔而不切，酱齐之和后加焉；其食之未精，可知也！惟中国自汉一统，地兼三带。百货骈集，品兼水陆；故八珍之美，自周已精，故用酱以和齐入味，先切而用箸弃刀，已在周时矣！今欧洲美食，皆称巴黎；然法国之食，皆出自西班牙，班人僻乡亦解调和；吾游班及墨，觉其价贱而精，尚过于法也。班之食学，又出于葡；吾游葡京理斯本，闻其馔名，有与粤同。盖葡自一千四百几十年，哥仑布寻得美洲，至一千五百三十余年，遂得澳门。是时英培根之世，尚用手食而未用刀割，其未能调和，不待言也。葡人以东方之食味，移植葡京，乃大变焉。是时推班与葡并驱海外，抚有全美，民大富而备海陆之珍，故班首学葡食。法路易十四遣孙非特腊第五王班，贵妇宫女、大臣从者数千人，及王长而后归法，乃移班食味于法。路易十四盛陈宫室服食以怀柔十万诸侯，于是食馔之美大进，风行欧、美焉。然葡食实我所出，班食为吾孙，法食为吾曾孙，欧、美为吾云来；突厥、日本切食，尤为吾嫡嗣。盖吾食之博而至精，冠于万国，且皆师我者也！欧食美否不论，但今尚设五味架，从后加味，味不能入，其为不知和可见矣。而今吾国乃反盛行西食。若以同食不洁，则吾明以前无小异食者，上考宋之《武林遗事》，下考戏剧，犹可推见；何不每人异器，如日本然？既可得洁，又保己国之美食，而何事弃己万国最美之馔而退化从人哉？"则是欧人膳食，不如中国先进者七也。

论酗酒曰:"法人之好酒极矣。吾游巴黎,入店不饮。酒家请曰:'吾巴黎无不饮酒者。'乃为饮之,则法人之沉湎可见矣!《书·酒诰》曰:'群饮,汝勿佚,尽执拘以归于周,予其杀!'此与道光年间重惩鸦片之刑同。夫饮酒小过,何至惩以杀刑?盖当时风俗沉湎之极,故欲以严惩之。吾观欧、美人醉酒之风,夜卧于道而哗于市,归驱其妻而争杀开枪致死者,比比也。所经小市大衢,酒店相望;竟日作工所入,尽付酒家,而导淫演杀,与酒为邻。若此败风,惟吾国无之。欧、美皆然,惟法人为尤甚耳!盖吾国酒俗为过去世矣。不知者开口媚欧、美人为文明;试入卖酒垆,观其喧哗,与我孰为文明哉?近世鸦片之毒,弱人体质,厥害为中国数千年所无。然其毒自外来,去之不难,不如酒之甚也。即以鸦片店之患,一榻横陈,亦岂有哗争斗杀之害乎?天下人道之大患,莫甚于相杀;故以酒烟相比,酒之害为尤烈也。"则是欧人嗜酒,不如中国吃鸦片者八也。

论宫室曰:"吾昔闻罗马文明,尤闻建筑妙丽,倾仰甚至。及亲至罗马而遍历名王之古宫,乃见土木之恶劣,仅知用灰泥与版筑而已。其最甚者,不知开户牖以导光。以王宫之伟壮,以尼罗之穷奢,而犹拙蠢若此;不独无建章之万户千门,直探类于古公之陶复陶穴。吾国山西富人,尚有穴山作屋,仅取中溜以通光,穿室数十重,壁盖厚数尺,乃极似罗马古帝宫焉。若法路易十四之宫,夸为世界第一者,雕镂固精,然仅此一大座;比之吾国帝居禁城之宏壮,相去尚十百倍!突厥波斯之宫殿,吾未之见!印度壮丽亦未极闳。若除此外,则中国帝室皇居之壮大,实为大地第一。盖万里大国，二千年一统致然。自建章、未央千门万户，由来久矣。此其雄规，实关文明；不得以专制少之。今以《三辅故事》所述汉武帝之宫比之：建章宫，度为千门万户；其东则凤阙，高二十余丈，上有铜凤凰；立神明台，井干楼，皆高五十丈；辇道相属焉，其上有九室，形或四角八角。张衡赋谓'井干叠而百层'，与巴黎之铜楼何异？其北大液池，中有渐台，高二十余丈；中有蓬莱、方丈、瀛洲、壶梁，象海中三神山，龟鱼之属；其南有玉堂、壁门、大鸟；承露盘高二十丈，大七围，以铜为之；上有金铜仙人掌，至唐尚存，李贺尚见之，有《金铜仙人辞汉歌》。其甘泉宫之通天台，高三十丈，可望长安城，其上林苑连绵四百余里，离宫别馆三十六所。《汉书》称成帝之昭阳殿，中庭彤朱，赤壁青琐，殿上髹漆，砌皆铜沓，黄金途，白玉阶，壁带往往为黄金钉，函蓝田璧，明珠翠羽饰之。班固《西都赋》所谓'雕玉璞以居楹，裁金壁以饰珰，屋不呈材，墙不露形，裹以藻绣，络以纶连；随侯明月，错落其间；金钉衔壁，是谓列钱；翡翠火齐，流离含英'，是也。此不过偶举一二耳。若《汉书》称秦之骊山，高五十余丈，周回五里，石椁为游馆，人膏为灯烛，水银为江海，黄金为凫雁，珍宝之藏，机械之变，棺椁之丽，宫馆之盛，不可胜原。而阿房宫三百余里，作者七十万人；破各国，写其宫室；门列金人十二，每重二十四万斤，门以磁石为之；前殿东西五百步，南北五十丈，可坐万人，下可建五丈旗；二百里内，宫观二百七十，甬道复道相连，帷帐钟鼓，不移而具；周驰为阁道，自殿抵南山，表南山之颠以为阙；复为复道，渡渭，至咸阳，北至九嵕甘泉，南至长阳五柞，东门至河，西门至汧渭，东西八百里，离宫相望。甘衣绨绣，土被朱紫。宫人不徙，穷年不能遍。由此观之：吾国秦皇、汉武时宫室文明之程度，过于罗马不可以道里计矣！惟罗马亦有可敬者：二千年之頹宫古庙，至今犹存者无数，危墙坏壁，都中相望；而都人累经万劫，争乱盗贼经二千年，乃无有毁之者。今都人士，皆知爱护，皆知叹美，皆知效法，无有取其一砖，拾其一泥者，而公保守之以为国荣。令大地过客皆得游观，生其叹慕，睹其实迹，拓影而去，足以为凭。而我国阿房之宫，烧于项羽，大火三月。未央、建章之宫，烧于赤眉之乱。仙掌金人为魏明帝移于邺，已而入于河北。齐高氏之营高二十六丈者，周武帝则毁之。陈后主结绮、临春之宫，高数十丈，咸饰珠宝，隋灭陈则毁之。余皆类是。故吾绝少五百年之宫室。即如吾粤巨富若潘、卢、伍、叶者，其居宅园林皆极精丽，几冠中国。吾少时皆尝游之。即若近者十八甫伍紫垣宅，一门一窗，一栏一楣木，皆别花式，无有同者；而以伍家不振，忽改为巷，遂使全粤巨宅，无一存者。夫以诸巨富之讲求土木，不惜巨赀；其玲珑窈窱，皆几经匠心。若如日本之日光庙及奈良庙，游者收赀，岁入数十万。而所存美术精品，后人得由此益加改良进步；则其美术岂不更精焉？乃不知为公众之宝，而一旦扫除，后人再欲讲求，亦不过仅至其域，谈何容易胜之乎？故中国数千年美术精技，后人或且不能再传其法。若宋偃师之演剧木人，公输墨翟之天上斗鸢，张衡之地动仪，诸葛之木牛流马，北齐祖暅之轮船，隋炀之图书馆，能开门掩门、开帐垂帐之金人，宇文恺之行城，元顺帝之钟表，皆不能传于后，至使欧、美今以工艺盛强于地球。此则我国人不知保存古物之大罪也。不知保存古物，则真野蛮人之行为！而我国人乃不幸有之；则虽有千万文明之具，亦可耗然尽矣。"则是欧人宫室，不如中国宏伟者九也！

论浴房曰："欧人浴房，但分男女室；男与男赤体同浴，女与女赤体同浴。日本则男女同浴。吾国粤人廉耻最重，无赤体相对者；故粤无浴室。欧人尚乐，故雕刻皆尚赤体，宜其浴无择也。然今则颇尚耻，以短裤遮其下体。瑞典与日本同，并不用短裤矣。盖浴为洁体之大事，可以祛病；浴为乐魂之妙术，可以畅怀。独乐不如同乐，故多同浴。各国多同之，《史记》讥'於越之俗，男女同川而浴'；盖人道之始必如此。及其后廉耻日进，则男女异浴；又进而恶其秽也，不肯裸以相见，则人人异室矣。吾遍观大地各国，人情无不好浴者。惟西藏、布丹、廓尔喀人不好浴，故最不洁；则以难得水之故，且极寒之故也。野蛮不浴。据乱同浴。升平之世，廉耻与乱世异，则尚异浴。太平大同之世，人各自立，人各自由，则复归于同浴耶！"则是欧人据乱同浴，不如中国异浴之为升平者十也。凡此之类，度长絜大，极世界之美，无逾中国。未尝不发愤而道曰："吾国人不可不读中国书，不可不游外国地，以互证而两较之；当不至为人所恐吓而自退处于野蛮也。日本著书多震惊欧、美者，此在日本之小岛国则然，岂吾五六千年地球第一文明古国，而若此之浅见寡闻乎？"因汇所睹记，成《欧洲十一国游记》而序其端曰：

　　将尽大地万国之山川、国土、政教、艺俗、文物，而尽揽掬之，采别之，掇吸之，岂非凡人之所同愿哉？于大地之中，其尤文明之国土十数；凡其政教、艺俗、文物之都丽郁美，尽揽掬而采别掇吸之；又淘其粗恶而荐其英华焉；岂非人之尤所同愿耶？然史弼之征爪哇也，误以为二十五万里。元卓术太子之入钦察也，马行三年乃至。博望凿空，玄奘西游，当道路未通，汽机未出之世，山海阻深，岁月澶漫。以大地之无涯，而人力之短薄也；虽哥仑布、墨志领、岌顿曲之远志毅力，而足迹所探游者，亦有限矣。然则欲揽掬也，孰从而揽掬之？故夫人之生也，视其遇也。芸芸众生，阅亿万年，遇野蛮种族部落交争之世，居僻乡穷山之地，足迹不出百数十里者，盖皆是矣。进而生万里文明之大国，而舟车不通，亦亡由睹大九洲而游瀛海；吾华诸先哲，盖皆遗恨于是。则虽聪明卓绝，亦为区域所限！英帝印度之岁，南海康有为以生！在意王统一前三年，德、法战之前十二年也。所遇何时哉？汽船也，汽车也，电线也，之三者，缩大地促交通之神具也；汽船成于我生之前五十年；汽车成于我生之前三十年；电线成于我生之前十年；而万物变化之祖，为瓦特之机器，亦不过先我八十年。凡欧、美之新文明具，皆发于我生百年之内外耳！萃大地百年之英灵，竭哲巧万亿之心精，奔走荟萃，发杨蜚鸣，旁魄浩瀚，积极光晶，汇百千万亿泉流，而成江河湖海，以注于康有为之生也，大陈设以供养之！俾康有为肆其雄心，纵其足迹，穷其目力，供其广长之舌，大饕餮而吸饮焉。自四十年前，既揽掬华夏数千年之所有；七年以来，汗漫四海。东自日本、美洲，南自安南、暹罗、柔佛、吉德、霹雳、吉冷、瓜哇、缅甸、哲孟雄、印度、锡兰，西自阿剌伯、埃及、意大利、瑞士、奥地利、匈加利、丹墨、瑞典、荷兰、比利时、德意志、法兰西、英吉利，环周而复至美。嗟乎！康有为虽爱博好奇，探赜研精，而何能穷极大地之奇珍绝胜，置之眼底足下，揽之怀抱若此哉？缩地之神具，不自我先，不自我后；特制竭作以效劳贡媚于我。我幸不贵不贱，亡所不入，亡所不睹；俾我之耳目闻见，有以远轶于古之圣哲人。天之厚我乎，何其至也！夫中国之圆首方足，以四五万万计。才哲如林，而闭处内地，不能穷天地之大观。若我之游踪者殆未有焉。而独生康有为于不先不后之时，不贵不贱之地，巧纵其足迹、目力、心思，使遍大地；岂有所私而得天幸哉？天其或哀中国之病，而思有以药而寿之耶？其将令其揽万国之华实，考其性质色味，别有良楛，察其宜否，制以为方，采以为药，使中国服之而不误于医耶？则必择一能若不死之神农，使之遍尝百草；而后神方大药可成，而沉疴乃可起耶？则是天纵之远游者，乃天责之大任！则又既皇既恐，以忧以惧；虑其弱而不胜也。虽然，天既强使之为先觉以任斯民矣！虽不能胜，亦既二十年来昼夜负而戴之矣！万木森森，百果具繁，左捋右撷，大嚼横吞，其安能不别良楛、察宜否、审方制药，以馈于我四万万同胞哉？方病之殷，当群医杂沓之时，我国民分甘而同味焉，其可以起死回生，补精益气以延年增寿乎？吾之谓然，人其不然耶？吾于欧也，尚有俄罗斯、突厥、波斯、西班牙、葡萄牙未至也。于美也，则中南美洲未窥，而非洲未入焉。其大岛若澳洲、古巴、檀香山、小吕宋、苏禄、文莱未过。则吾于大地之药草，尚未尽尝；而制方岂能谓其不谬耶？抑或恶劣之医书可以不读；或不龟手之药可以治宋国；而犹有待于遍游耶？康有为曰："吾犹待于后遍游以毕吾医业。"今欧洲十一国游既毕；不敢自私，先疏记其略以请同胞分尝一脔焉。吾为厨人，而同胞坐食之；吾为画工，而同胞游览也。其亦不弃诸！

其自任以天下之重如此。自称"童而好讽诗；顾学以经世，志在撙理，不能雕肝呕肺以为诗人。而嗜杜甫诗若出性生，能诵《全杜集》，一字不遗。又性好游，玩山水，爱风竹；船唇马背，野店驿亭，不暇为学，则余事为诗。及戊戌遭祸，遁迹海外，五洲万国，靡所不到，风俗名胜，托为永歌；若拔抑塞磊落之怀，日行连犿奇伟之境，临眄旧乡，邅回故国，阅劫已夥，世变日非。灵均之行吟泽畔，骚些多哀；子卿之啮雪海上，平生已矣。河梁陇首，游子何之；落月屋梁，水波深阔，嗟我行迈，皆寓于诗。"既而游突厥，道出所谓耶路撒冷者，犹太人哭所罗门城壁，男妇百数，日午凭城泪下如縻，诚万国所无也。喟然曰："惟有教有识，故感人深远。吾念故国，为《怆然赋》。"凡一百韵，其辞曰：

崇壁严仡仡，围山上摩天；巨石大盈丈，莹滑工何妍。筑者所罗门，于今三千年。城下聚男妇，号哭声咽阗：日午百数人，曲巷肩骈连；凭壁立而啼，涕泪涌如泉。惨气上九霄，悲声下九渊。始疑沿具文，拭泪知诚悬。电气互传载，真哀发中宣。一人向隅泣，不乐满堂缘。借问犹太亡，事远难哀怜；万国有兴废，遗民同衔冤！譬如父母丧，痛深限年旬；岂有远古朝，临哭旦夕酸？罗马后起强，第度扬其鞭；虽杀五十万，流血染城闉。当时严上帝，清庙金碧鲜。我来瞻遗殿，华严犹目前。珍宝移罗马，痛心亦难喧。正当吾汉时，渺茫何足云。吾国二千载，亡国破京频；刘石乱中华，洛阳惨风云；侯景围台城，一切文物焚；耶律执重贵，雅乐遂不闻；暨至宋徽钦，汴京虏君民。岂无思古情，颇感骚人魂？或作怀古诗，亦传哀吊文。未有凭城哭，至诚逮野人；妇婴同洒泪，千载恸遗民。吾迹遍万国，奇骇何感因？答言："祖摩西，奉天创业勤；艰苦出埃及，转徙红海滨。帝降西奈山，特眷吾家春。十二以色列，奄有佐顿川。大辟所罗门，两王尤殊勋！拓边大马色，筑庙耶路颠。武功与文德，焜耀死海湄；余波跃耶回，大地遍遵循。人种我最贵，天孙我最亲！岂意灭亡后，蹂躏最惨辛！罗马与萨逊，蹂藉久纷纭；英暴当中世，俄虐今尚繁。遗种八百万，飘荡大地魂！有家而无国，处处逐辱艰。被虐谁为护？蒙冤谁为伸？传言上帝爱，我呼彼充填。穷途无控诉，凭城啼吾先。"言罢又再啼，四壁啼益喧；哀哀不忍闻，吾亦为垂涟。亡国人皆恨，惟汝有教贤！他国不知愁，同化久忘筌。汝城文明民，文明成瘴恁；区区此遗黎，艰苦抱守艰。虽然犹太教，今犹立世间。吾游墨西哥，文字皆不传；英哲与图器，泯灭咸无存！读学皆班文，性俗忘祖孙；岂比汝犹太，能哭尚知原！哀哀念远祖，仁孝无比援。他日买故国，独立可复完。先啕必后笑，物理固循环。吾哀犹太人，吾回睇中原！四万万灵胄，神明自羲、轩；唐、虞启大文，禹、汤、文、武联；孔圣宝文王，制作大礼尊。圣哲妙心灵，图器文史篇。后生坐受之，枕胙忘其源！如胎育佳儿，如酿蕴良醇！我形胡自来？我动胡自迁？我识与我神，明觉胡为先？喜怒胡自起？哀乐胡所偏？我咏歌舞蹈，我饮食文言。——英哲人，化我同周旋。忘之我坐忘，悟之大觉圆。一往情与深，思古吾翩跹。庄周梦化蝶，吾实化国魂。若其国竞殇，哀恸不知端！凡亡非我亡，畸士托古诠。吾未免为人，多情犹为牵。吾为有国故，身家频弃捐！哭弟哀友生，柴市埋冤云。哭

墓已不获，先骸掘三坟。十死亡海外，谗侮百险煎。受诏
久无功，缠身万苦难！十载遁亡人，拂逆痛心肝！我本淡
荡人，方外乐谈玄。胡事预人国？误为不忍缠？今既荷担
之，重远难释肩。地狱我甘入，为救生民艰！受苦固所甘，
忍之复忍焉。久忍终难受，去去将舍旃。浩荡诸天游，欢
喜作散仙。天外不能出，大地不能捐。国籍不能去，六凿
不能穿。犹是中国人，临晚旧乡园。睊睊涕被席，盰盰伤
我神。类告爱国者，犹太是何人？

其辞磊落而英多，其意激切而孤愤；揆之古人，独《湛然居士集•西
游诗》、长春真人《西游记》中诗、陈刚中《交州集》可相仿佛；
然有其俶诡，而无此慷慨也！尝以为中国不可行民主；傅会孔、孟，
旁援欧、美，其大要归于强国庇民，因时制宜。故曰："天下无万
应之药；无论参术苓草之贵，牛溲马渤之贱，但能救病，便为良方。
天下无无弊之法；无论立宪、共和、专制、民权、国会一切名词，
但能救国宜民，是谓良法。执独步单方者，必非良医。执一政体治
体者，必非良法。故学莫大乎观其会通，识莫尚乎审其时势。《礼运》
曰：'时为大，顺次之，体次之。'协于时，宜于人，顺于地，庶几
良法矣！孟子曰：'民为贵，社稷次之，君为轻。'社稷者国也；国
权、民权、君权，三者迭递代兴而时为轻重者也。专制之世，则君
权重；太平之世，则民权重。此皆自然之势，而克当其宜者也。欧
洲民权君权之争，在百年前矣；至数十年来，君权之说已绝，余波

荡于亚洲。若民权乎？则在百年前欧、美最盛之时；而数十年来国权之说忽盛；俾士麦以此强德国；虽以美国平民之政，罗斯福亦大倡霸国之义，而各国亦皆鼓吹之。处列强并峙，日事竞争，少不若人，即至夷灭；故霸国之义，不得不倡者，时为之也。昔在春秋战国之时，管、商之学，专以国权为重。孔、孟意存一统，则专以民权为先。义各有为也。凡学说之盛衰，视其时宜。倡国权说于法国革命之时，则无当矣；倡民权说于德国既强之后，尤为大谬矣！以美国之富盛，昔无海军时，则德人极轻之；近年大治海军，则德人重之。日本以战俄之故，重人民之赋税；然日之威棱震于全球矣！倘使美、日犹主重民之义；则日税太重，民难负担；美而治兵，尤悖华盛顿、孟禄之训。然而美、日不得不重国而轻民者，诚察时势之宜！不得已也。故重民而张民权之说，乃欧、美百年前之旧论，于药则为渣滓，于制则为刍狗，于米则为秕糠，于花则为落瓣。乃吾国通明之士，号称新学，而拾欧、美之残羹冷炙以为佳馔新烹，于胃则不宜，于体则不协；小之致病，大之致死。盖失其时，悖其顺，非其宜故也。"既斥民权而崇国权，国权所寄，必在君主。其初戊戌变政，则进君主立宪之说。及至辛亥革命，益倡虚君共和之论。终莫之用，而革命有成功，建号民国；于是发愤而道曰："南方之魁桀何尝无帝制自为之心？而矫为民主共和之说以饵于民曰：'贫富共产也'，'人人可为总统议员也'，'若入吾党，可得富贵也'，甚至谓'改民主共和后，米价可贱也，可不纳税也'。此与'迎闯王可免钱粮'何异哉？愚民乐其便己也，信而从之。强豪桀颉者辍耕垄上，倚啸东门，平宁已久，无从发愤，藉为乱具，侥幸图成。风气所鼓，四海之人，习见枭雄夸诈之夫，能为共和之大言，能为自由之谬论，因时乘势，袭据土壤，纷纷攀附，各藉权势。其夸垒尤甚者，中分天下，指挥风云；政府则敬畏之，乃至藉外款千百万以媚事之。其次亦复上将勋位，剖土分藩。下之灶养市魁，皆一蹴而秉麾纡组，列鼎鸣钟，呼叱而金帛盈山，顾盼而声色列屋；其车马、宫室、服食之豪侈过于王公；其颉颃、横暴、跋扈、肆睢之气势，行于州县。向之偷儿、里盗、椎埋、剽窃之夫，进称雄于州邑，退亦为政于乡里，横行攘据，武断乡曲。然则谁不慕之？谁不辗转效之？权利之思想已溢，自由之势力弥充，进无所慕于古，退有以荣于人，时风众势，卷而成俗，人所羡慕，皆在此徒。苟不破法律，作奸欺，谋乱略，营党私，何以充塞其权利之私，弥满其自由之壑乎？即有廉让之士，而风俗既成，坐而相化，则织衣大帻，谨厚者亦复为之。故当今之世，人不谋乱，更复何事，而涂泽以欧、美之文明。群众所尚，报纸所哗，则新世界之所谓'共和''平等''自由''权利思想'诸名词也。夫'自由'者，纵极吾欲云尔。'权利思想'者，日思争拓其私云尔。所谓'平等'者，非欲令人人有士君子之行；不过锄除富家贵族，而听无量数之暴民横行云尔。所谓'共和'者，倒帝者之专制，自余则两党相争，陈兵相杀，日为犯上作乱云尔。以风俗所尚，孕育所成，则只有为洪水猛兽布满全国而已。今夫地方自治，至美之良法也；而中国行之，则惟资豪猾武断乡曲，未见能于地方兴利也。设辨护士，岂非保护贫弱者之美意哉？而中国行之，则劫贼横行，及被捕获，则亦将延辨护士而解脱；于是盗劫日滋。其他辨护士之日诱人讼以破人产者无论也。若夫官制弃资格而听长官自拔，则惟有引用亲私；负贩牛医，皆上列大位，下绾铜墨；甚至一丁不识，人皆怀非分之想；人情既不能无私利，则官方何自而整。任官若此，而望其牧民任职，岂非欲入而闭之门哉？若废科举而用学校，则学者自听讲义、读课本外，束书不观，乃至中国相传之名物日用之书，亦不之识；其愚闭乔塞，殆甚于八股之时；而八股之士尚日诵先圣之经，得以淑身而善俗。今学校之士，则并圣经而不读，于是中国数千年之教化扫地！而士不悦学，惟知贪利纵欲，无所顾忌，若禽兽然。其他举议员，入政党，则惟有挟势鬻金以把持纵肆、败风坏俗而已！然则所谓'共和''民权''平等''自由'者，实不过此十数万之暴民得之耳！此十数万暴民之'民权''平等''自由'，诚肆睢倓荡，无所不用其极矣！试问吾四万万同胞，谁则实得民权乎？民权托之代议；夫谁能代我民者？其立义已为大谬。况我所欲举者，未必被举，既为多金所买，又为大力所挤；而吾民实俯首叹恨而无所与焉？故民权者，大党十数要人之权；而于我四万万同胞何与焉？又试问，吾四万万同胞，谁实得平等、自由乎？彼千百暴民之魁，凭权据势，占领土壤，汽车听其盘游，女色惟其所择，车马流水，金帛堆山；发言有权，一电而各省响应；横行如意，举步而开会欢迎；总统则畏其乱而罗笼之，报馆则藉其势而张皇之；随意居游，惟所欲适，无不平等，无不自由。故平等、自由者，彼千数百暴民之平等、自由；吾民宛羸于虐政之下，一言有误而枪死，一事见诬而枪死，薄言往诉，普天无告。然则吾四万万同胞，谁实得平等、自由乎？夫使吾四万万同胞，果皆得民权、平等、自由，则个人各得其权利，而国权必屈。方今列强并争之世，犹非所宜也！然四万万人果真得民权、平等、自由，则少屈国权，而伸个人之权利，犹之可也！无如四万万人皆无所得于民权、平等、自由，而仅令千数百之暴民得民权、平等、自由；是排除一人之专制，而增设千数百人之专制也！名称'共和'，实日结党而图共乱；号为'民主'，实以少数而行专制；戴假面，则朱唇玉貌；揭暗幕，则青面獠牙！"言之若有余悸也！情不能以自禁，辞不免于过讦，播所欲言，署曰"不忍"。

　　或讼共和之美，在扬民权，则正告之曰："人实诳汝！共和者，欧制况称之辞；且大诳于中国。夫号称'共和'者，乃凡在国民人人得发其意之谓。民意昭宣，民权发皇；卢骚之流，大发其义。此在欧洲，古之希腊，中世之威尼士、致那华，及德之汉堡、罕伯雷、伯来问、佉伦、佛兰拂及今之瑞士，蕞尔之国，百数十万之民，而大事，则人民共议，则诚得民意矣！选举则人人有权，则亦庶几民权矣！卢骚亦谓'二万人之国，可行共和'。若二万人者，或可真得民意，真行民权矣！此不过如吾粤之大乡云尔。吾粤南海之九江、沙头，顺德之龙山、容奇、桂州，新会之外海，番禺之沙湾。皆聚十数万人为一乡，比于卢骚之二万人已过之；其立乡约，行乡法，能得民意与民权与否，尚不可知也。南美洲之各共和国也，若玻里非、委内瑞拉、乌拉圭、巴拉圭，皆以数千人举一议员。即巴西、阿根廷、秘鲁、智利之大，亦不过以万人举一议员。塞维、布加利牙、希腊、罗马尼亚，亦略皆以万人举一议员。若比利时、荷兰、那威、丹麦亦不过以万人举一议员。即英国之大，为宪法选举之祖，亦不过以三万人选一议员。然当威廉第三入英之际，英民不过四百万；至与拿破仑交战之时，亦不过五百万，是时英最盛昌，亦不过万人选一议员耳！夫尊民意民权者，不能直达，而以'代议'名之；苟不能如瑞士之直议，何权之有！人与人面目既殊，心意必异！父子师弟，亦难强同，而谓所举之人能达我意，必无是理矣！故以一人举一人，已不能得其意；况以万数千人而举一人；人人异意；而谓能以一人曲肖万数千人之意，代达万数千人之意，有是理乎？故万数千人选一议员之国，号称代议，其说已大谬矣。虽然，若英国三万人选一议员。三万人者，亦如吾粤一巨乡耳，既以代议为制，势不能不选于众。三万人之乡，其有才贤，乡人略皆知之，则虽不能得民意，发民权；然既自民之耳目心思所自举者，则亦可谓之民举也。德、法以十万人举一人；日本以十三万人举一人；更不能比于英矣。然十万之乡县，耳目亦近；彼宪政既久，选举既熟，或能知其人者，谓之民举焉，亦未尝不可也。至于中国之大，人民之多，今之选举法也，以八十万人选一人。夫八十万人之多数，地兼数县，或则数府，壤隔千里，少亦数百里；吾国道路不通，山川绝限，人民无识，交游未盛，选举不习；则八十万人之中，渺渺茫茫，既为大地选举例之所无；而曾谓八十万人者，能知其人而举之；其人又能代达八十万人之意乎？此尤必无之理也！然则在今大地中，凡百有国，皆可言民意、民权；惟我中国能言民意、民权，则无之也，徒资数万之暴民而已！是大妄也，是欺人也！惟国民真愚，乃受其欺耳！夫欧、美之说，知直议不可得，则诡以代议为民以欺人。然曰'代议'，虽不得民意、民权，告朔饩羊，犹有其名也！而今选举之学说，则猩狂而大言曰：'代议者，乃代一国之政，非代民个人之意也。'此说也，则明明非代民之意矣！以实事言之，彼议员自议国政，非代民之意。以虚名言之，则此学说，亦大声疾呼非代达民之意；然于其宪法也，于其国会也，于其选举法也，则大书特书曰'代议院'也，'代议员'也。名实相反，言议相乖；实而案之，不过欺民而已，不过豪猾之士，欲搂夺国政，借民权民意以欺人而已。无论议员之选，出于金钱与势胁也，难于得民望也；即不然，要必非民权民意而代民议，则可断断言也！夫既非民意民权，非代民议，则今之国会大声疾呼曰'代议'者，岂不大谬哉！代金钱而议，则有之矣！代势力而议，则有之矣！代民意而议，则未之见也！故在欧人之说，已是辞穷而为欺民诱众之计矣！我国地等全欧，人民倍之，国与民相去甚远。民意民权必不可得，而学欧、美人之舌，大声疾呼曰民意、民权。我今质问四万万人，'汝有何权？''所选举者，谁为汝意？''议员所陈，谁得汝心？'吾意真选举之人必不及四千；而得其心意者，必不及千也。若云权乎权乎，谁则有之？欺人自欺，无俟言矣。"或谓民主之治，托之政党。又激论之曰："人实欺汝！政党者，欧治积弊之俗；且大戾于中国。夫以英国政体之美，为万国之最；其为政党也，武人不得入，法官不得入，诸吏不得入，非学人富商寻常工商，不得入。其本党之得权也，获官者不过六十人，余皆无所报酬。全国官吏皆不动，工商皆安业。其为政党者，不过如买马票者之视斗马；所买票之马得胜，则为之抚掌大喜，欢忻舞蹈，不知其然而然。虽然，买马票者犹有所获利也；此政党中之六十者得官者也；其它政党人绝无报酬而奚乐为之？盖彼积数百年之风俗，贵人罢居，富人无事，以为游戏博猎之举而为欢娱者耳！譬如昔之试得科第者，其本省人得状元，本府县人得翰林，本乡人获举贡青衿；其省府县乡之人，无所分杯酒肉羹之惠也，更无所谓报酬也；而接闻报时，莫不欣然色喜，莫解其所以然者。又若观竞渡焉，两曹之观竞者，无所报酬也，而咸乐捐赏执花击鼓以助竞事；于其曹之胜也，大喜若狂；若是云尔！然英人之攻之者，犹谓政党为奸诈之府，腐败之薮也。若夫美国平民政治之政党，则各地方皆有波士握权，把持党事，鱼肉良善，武断一切，纳贿作奸，甚者杀人。其为祸害，美人已痛心疾首之矣。我不得美之长，而先收其短，今且学而青出于蓝焉。以吾所睹：非其党不官。入其党，则可无法。藉其党以遍握权要，鱼肉良善，出入罪恶，吞踞财产，杀戮人民，禁锢异党，封禁报馆，强占选举，万恶皆著矣！盖未有政党之前，中国有法律；既有政党之后，中国无法律。未有政党之前，人民生命财产得保全；既有政党之后，人民生命财产不保全！未有政党之前，人民言论、身体得自由；既有政党之后，人民言论、身体不自由。吾夙昔仰慕欧、美首创政党，曾不意政党之害至是也！夫政党岂无佳士？然既入其中，则为大势所驱而不能自拔矣。政党愈大，则薰莸愈杂，整率愈难。若其为法之山岳党乎？挟势横行，斯为屠伯矣。"极言急论，若有不得已！而袁世凯为总统，致书称国老，其大旨谓："京洛故人，河汾弟子，咸占汇进，宏济艰难。爱国如公，宁容独善！"厚币卑礼，款致之京师而一见焉。有为谢勿赴也。然国权之论，进步党遂袭之以相袁世凯盗国专制；久之，国民党燔，而进步党亦倾，卒以酿洪宪之祸也！世凯既殂，有为弥用自喜；昌言无忌，好恶拂人之性。久之，渐为论政持国是者所不喜，独长江巡阅使张勋有贰心于民国，阴赞其说而加隆礼焉！则以逊帝复辟之说进也，勋则曰："诺，是吾志也。汝其问诸冯华甫。"冯华甫者，副总统领江苏省督军冯国璋也。有为乃以勋意赞于国璋及故广西督军陆荣廷；皆无违言。国璋且曰："张绍轩岂能办此？倘君出，我则执鞭弭以从！"有为则大喜！乃属周树模以致告于段祺瑞。时祺瑞方以国务总理，不得志于总统黎元洪，而元洪又挟国会自重，鞅鞅以失职；则应曰："民主日争，非君主不能已乱！但只可有其形式，不可用其精神。"有为曰："此我之所谓'虚君共和'者也！段芝泉同我矣！我则问诸徐菊人。"徐菊人者，东海徐世昌，民国之元老，逊帝之太傅，一时称为巨人长德者也；既闻有为之言，而协赞焉！有为则以复于张勋曰："众谋佥同矣。"于是十四省督军以一九一七年五月，会议徐州，谋复辟，署盟书，信誓旦旦，画诺惟谨，而推勋为主盟，以亲卒三千入京师解散国会；于七月一日迎逊帝溥仪号宣统者出复辟。

溥仪年十一岁，初闻复辟之谋，问师傅曰："我即出，将置民权何地？"师傅曰："权仍在民；皇上即君临天下，亦无权！"溥仪曰："即如是，何必复辟？"师傅曰："民意也。"溥仪曰："事之不成，将集众谤，必集以诟厉于我矣！"师傅无以应也！至是勋挟溥仪以行大事，既逐黎元洪避日本使馆，而不戒于段祺瑞。祺瑞既藉勋手以逞志黎元洪；乃徐起乘勋之敝，一举而覆其军，再造共和；以收民望！冯国璋以副总统代元洪为总统。段祺瑞再起柄国。自勋之复辟仅十二日，而事败，走荷兰使馆，既知见绐于祺瑞、国璋，而利用之为驱除夫难者，则大愤曰："此一役也，岂吾一人意，而用集谤于我也！"将公布所署盟书以告于国人，而探箧则无有矣！有为既以勋谋主，被名捕，逃而免。则愤而致书徐世昌，累五千言，发其事焉！然后知所谓"复辟"者，凡段祺瑞、冯国璋及世昌咸与于谋！世所传与《徐太傅书》，刊见《不忍》第九第十之合册者也。顾有为议论坚持中国宜虚君共和，不宜民主如故。既蹶不振，重草《共和平议》，条其利害，凡九万言，而叙其端曰：

　　吾二十七岁著《大同书》，创议行大同者。吾两年居美、墨、加，七游法；吾居瑞士，一游葡，八游英，频游意、比、丹、那；久居瑞典；十六年于外，无所事事。考政治，乃吾专业也！于世所谓共和，于中国宜否，思之烂熟矣！其得失，关中国存亡，至重也。不揣愚昧，以为邦人君子，百尔所思，不如我所知，以所见闻，草成《共和平议》四卷，数十篇。昔《吕氏》《淮南》之成，悬之国门，有能易一字者，予以千金。吾今亦悬此论于国门，甚望国人补我不逮，加以诘难。有能证据坚确，破吾论文一篇者，酬以千圆！

其果于自信如此！然发生民之疾苦，扶共和之极敝，至谓："搔首问天，惟民国之鞠凶。今惟创业之伟人，争权之政客，藉以掠民争利者，数百人外，无不厌民主者矣！或者外国之游学生，中下阶级之军官，各学校之学生，蔽于近见而无远识，寡于阅历而侈听闻，与夫海外华商，空慕共和之美名，未受共和之实害，亦或安焉！自尔之外，数万万国民，无不闻民主而谈虎色变，畏之恶之，苦之厌之，但不敢公然笔之于书，以告我国民耳！则恐获罪云尔！"其言为人人所欲吐，其意则人人之所嗫嚅！未尝不可为世之大人先生当头一棒喝也！自是不问世事，创天游学院于上海。盛名所招，从游无算，独称乡人林奄方。每语人曰："吾昔讲学万木草堂，门下最高材者，为曹泰与陈千秋二人。梁卓如之思路，常赖二子浚发尔。非其匹也。惜皆夭死，年不过二十五六，为吾生第一恨事！今林生茂才力学，意态与著伟绝似，而行纯无疵且又过之！"奄方年二十，而文笔奇警，思力亦伟，投函《甲寅周刊》为长沙章士钊所称道；字迹矫健，尤似有为。顾贫无所得食，投考上海邮局以执事，不能竟学也！有为尤以为恨云！

有为禀赋绝异，老而不衰。虽摈不容于世，然无所屈于人！复辟既败，所至见嫉，而有为未尝以自挫。其垂殁之年，实为一九二六年，以事至天津；人颇议其阴谋再复辟也。汉文《泰晤士报》訾之尤甚，标题康有为大逆不道字，连载数日不休。有为读之无怍色。长沙章士钊亦辟地天津；往过焉，谈次及之。有为微哂曰："《书》云：'兼弱攻昧。'今吾国士夫之昧，真是骇闻！共和国以民意为从违；民意多数曰何者，政即何从；其中并无独禁君政不谈之理。法兰西有君政党，赫然列席国会，岂是秘事？何吾人之昧，一至于此！"然言下亦无遽色，徐曰："吾生平不喜攻人，惟著《新学伪经考》，为辨学术源流，有所诋諆，如箭在弦，不得不发耳。此外则一听人毁我，我决不毁人，士君子为国惜才，以诚接物，其道应尔。"士钊为神移者久之！而有为年则七十二矣！口辩悬河，声若洪钟，精神矍铄，见者辟易！士钊退语人曰："二十年前，闻之服南海者曰：'天下之丑诋南海者，其人直未尝见之耳！见之，未有不易侮为敬者也！'吾尝举其语以为笑！而今见之，乃信异人。"其明年，国民军再奠江南；有为走死于青岛，年七十三！

有为自以生平担荷斯道之重，比于孔丘；抗颜为人师，无所于让。方讲学万木草堂，弟子著籍者众；尤赏南海曹泰、陈千秋。曹泰，字著伟，年二十二，署语壁柱曰："我辈耐十年寒，供斯民暖席。朝廷具一副泪，闻天下笑声。"最耽哲理，思想渊渊入微；尝为《儒教平等义》十余篇，未成。晚年欲穷魂学之精髓，以为佛教密咒，必有特别妙谛，捐弃百学以冥索之；居罗浮岁余，以暴病卒！其文豪放连犿，波谲云诡，能肖其心思。从有为作八比文，题为《天地之大也人犹有所憾》，凡二千余言，万怪皇惑，不可思议！末两比云："《同人》以嘀为始，则忧患已伏于生时；可知泣血涟而，即降孕已受天囚之惨！""《未济》以火为归，则乾坤必毁于灰烬；可知亢龙有悔，即上帝难为乞命之身！"有为亟赏其名理。侍有为游桂林，题诗崖壁曰："大地权舆我到迟，也曾歌泣也怀思。深山大泽堪容剑，天老地荒独有诗。龙蛇昔曾归觉想，涅槃今欲证心期。我行幸有微风舵，元气舟中任所之！"盖亦哲人之诗也，其精神意趣可想矣。陈千秋，字通甫，与曹泰同县，累见姓氏于梁启超著书。梁启超以辛卯计偕试入京师。千秋赠以诗，有句云："非无江湖志，跌宕恣游遣。苍生惨流血，敝席安得暖？"又为启超题笺数语曰："伊川赏'梦魂惯得无拘检，又踏杨花过谢桥。'通甫赏'蝴蝶上阶飞，风帘自在垂。'二词谁工？请问知者。"好学能文，才望甲于一邑。以诸生推主西樵乡局，练民团五百人，兴一学校，建一藏书楼，治盗禁赌，风化肃然。乡中十余万人，奉令惟谨；而为豪强不便，起而讦之，千秋则发愤呕血以死也！尝为《仁说》一书，其持论略与浏阳谭嗣同之《仁学》相出入，又著《性论》《教宗平议》等书，皆未及成，临殁，则手取摧烧之。年二十二！有为尤恸之。其后有为命草堂诸子汇刊日课札记，系以诗三绝曰："万木森森散万花，垂珠连璧照红霞；好将遗宝同珍护，勿任摧残毁瓦沙。""春华秋实各为贤，几年伤逝化风烟。偶登群玉山头望，八万珠璎总可怜。""万木森森万玉鸣，只鳞片羽万人惊。更将散布人间世，化身万亿发光明！"于时陈千秋、曹泰则已逝矣！故第二绝云云，盖伤之也！刻竟不成，而两人所著散佚既尽，其名氏亦渐湮没以无闻于世！世所知名者，首梁启超，其次三水徐勤。勤之从有为游者二十有四年，与有为共患难者十有五年；其待有为至忠且敬也！美、墨、非、澳、亚环海之国民党二百埠，皆附有为而隶属于保皇者；定名于丙午，因以丙午国民党名；皆勤总护之以秉成于有为！有为之居东也，日本前文部大臣国民党魁犬养毅，议员柏原文太郎同游于热海，驱车于汤河，俯仰海山，纵论人物，问于有为曰："吾识先生门弟子多矣！若徐勤者，德行第一，至诚不息；其为孔门之颜渊耶？若梁启超之文学，其为门下之子夏乎？"独梁启超文章骏发，传诵海内，尤善论议，名高出于徐勤云。

梁启超（附陈千秋、谭嗣同）

梁启超者，字卓如，别署任公，广东新会人也。六岁毕业五经。八岁学为文。九岁能日缀千言。顾家贫，无它书可读，惟有《史记》《纲鉴易知录》《唐诗》诸书，日以为课，咸成诵。老辈有爱其慧者，赠以《汉书》《古文辞类纂》；则大喜，读之卒业焉。十二岁，补新会县学生。十三岁，始治段、王训诂之学，遂负笈入省城之学海堂。学海堂者，让清嘉庆间总督阮元所立，以训诂词章教学粤人者也。十七岁中式光绪辛卯广东乡试举人。主考李端棻奇其文，以女弟归之。年十八，计偕入京师。报罢归，重肆业学海堂；乃得与陈千秋交。千秋语之曰："吾闻康先生在京师上书请变法；不报，被放南下。吾往谒焉。其学乃为吾与子所未梦及，吾与子师之矣！"康先生者，康有为，喜持《公羊》家所谓"非常异义可怪之论"，时人故迁怪少之！而启超闻千秋言，独好奇，介以谒。启超自以少年擢科第，且于时流所重难之训诂辞章，咸窥途辙；以此沾沾自喜！有为一见，则一一斥其非学！至是启超乃尽失所恃，惘惘然归，竟夕不得寐！明日再谒，请何学而可？有为乃告以陆、王心学，而并及史学、西学之梗概。启超则大服，愿执业为弟子。自是决然舍去旧学。自退出学海堂，而间日请益于万木草堂。顾有为不轻以所学授人；草堂常课，《公羊传》以外，则点读《资治通鉴》《宋元学案》《朱子语类》等书，又时时习古礼。启超勿嗜也，则与千秋相偕治周、秦诸子及佛典，亦涉猎清儒经济书及译本西籍；皆就有为决疑滞。居一年，乃闻所谓"大同义"者，喜欲狂！锐意谋宣传。有为谓非其时，然不禁也！启超治《伪经考》，时复不慊于其师之武断；后遂置不复道。其师好引纬书，以神秘性说孔子，启超亦不谓然。启超谓："孔门之学，后衍为孟子、荀卿二派，荀传小康，孟传大同。汉代经师，不问为今文家古文家，皆出荀卿；二千年间宗派屡变，壹皆盘旋荀学肘下。孟学绝而孔学亦衰。"于是专以绌荀申孟为标帜；引《孟子》中指责"民贼""独夫""善战服上刑""授田制产"诸义，谓为大同精义所寄，口倡道之。又好墨子，诵说其"兼爱""非攻"诸论。启超屡游京师，渐交当世士大夫；而其讲学最契之友，前称陈千秋。

千秋既早死，乃交钱唐夏曾祐、浏阳谭嗣同。曾祐方治龚自珍、刘逢禄之所谓今文家言，每发一义，辄相视莫逆！而嗣同则治王夫之之学，喜谈名理，谈经济；及交启超，亦盛言大同，著《仁学》。而启超之学，受夏、谭影响亦至巨。其后启超舍讲学而有志从政；创一旬刊杂志于上海，曰《时务报》。自著《变法通议》，批评秕政；而救敝之法，归于废科举，举学校；亦时时发民权，但微引其绪，未敢昌言；厥为启超投身论政之发轫也。已而嗣同与黄遵宪、熊希龄等设时务学堂于湖南长沙，聘启超主讲席。启超至，则承有为之学，以《公羊》《孟子》教，课以札记。学生仅四十人，而蔡锷最称高材生焉！启超每日在讲堂四小时，夜则批答诸生札记每条或至千言，往往彻夜不寐！所言皆傅会古学以阐民权；又多言清代故实，胪举失政，盛昌革命。其论学术，则自荀卿以下，汉、唐、宋、明、清学者，掊击无完肤！时学生皆住堂，不与外通，议论激张，人无知者！及年假，诸生归省，出札记示亲友。全湘大哗！顾宛平徐仁铸，方为湖南学政，尤礼异启超，著《辅轩今语》，独申引其说，颁之学官。士论益不服。而首发难者，长沙叶德辉焕彬著《翼教丛编》数十万言，将康有为所著书及启超批札记以至《时务报》诸论文，逐条痛斥。而张之洞方总制湖南北，则著《劝学篇》以折衷新旧；旨趣亦与启超不同。于是启超浸不安于位。既则随有为走京师，上书论变法之宜亟；开强学会，开保国会，启超咸与赞画有力。寻以侍郎徐致靖荐，总理衙门荐，被召见。诏办大学堂译书局事务。启超既有为高第弟子，参闻秘计；方造谭嗣同，有所议讨，而抄捕南海馆之报至。南海馆者，康有为之所居也。嗣同从容语启超曰："昔欲救皇上，即成蹉跌；今欲救康先生，亦恐无及！吾已智尽能索，惟有一死以报知己耳！虽然，天下事知其不可而为之。足下盍入日本使馆，谒伊藤氏，请致电上海领事而救先生焉？"启超则以是夕宿日本使馆；而嗣同竟日不出门以待捕者。捕者既不至，则于其明日入日本使馆，与启超见，劝东游。日使从旁讽曰："不如君偕！"嗣同不可。再三强之，嗣同曰："各国变法无不从流血而成。今中国未闻有因变法而流血者！此国之所以不昌也！有之，请自嗣同始！"因顾启超曰："不有行者，无以图将来；不有死者，无以酬圣主。今康先生之生死未可知，程婴、杵臼，月照西乡，吾与足下共勉之！"而不知有为之先期跳遁也；嗣同既不免于难；而启超则乘日本大岛兵舰以东，遂亡命日本，作《去国行》以见志曰：

呜呼！济艰乏才兮儒冠容容！倭头不斩兮侠剑无功！君恩友仇两未报，死于贼手毋乃非英雄！割慈忍泪出国门，掉头不去吾其东！东方古称君子国，种俗文教咸我同！尔来封狼逐逐磷齿瞰西北，唇齿患难尤相通！大陆山河若破碎，巢覆完卵难为功！我来欲作秦廷七日哭，大邦犹幸非宋聋。却读东史说东故，卅年前事将毋同？城狐社鼠积威福，王室蠢蠢如螫痛；浮云蔽日不可扫，坐令蝼蚁食应龙。可怜志士死社稷，前仆后起形影从。一夫敢射百决拾，水

户萨长之间流血成川红。尔来明治新政耀大地，驾欧凌美
气蓥茏。旁人闻歌岂闻哭，此乃百千志士头颅血泪回苍穹！

时日本新变法图强有成功；而启超师弟谋改制，乃不容于中国，故
有所激发。自是启超避地日本，既作《清议报》丑诋慈禧太后；复
作《新民丛报》痛诋专制，导扬革命。章炳麟《訄书》、邹容《革
命军》先后出书，海内风动，人人有革命思想矣！而其机则自启超
导之也。启超早年为诗如其文；词旨不甚修饬，而淋漓感慨，恻恻
动人，此固所长！然非所论于诗界革命之诗也。诗界革命之说，始
倡于夏曾佑，而谭嗣同和焉。嗣同有诗咏《金陵听说法》云："纲
伦惨以喀私德，法会盛于巴力门。"喀私德之为言，即 Caset 之译
音，盖指印度分人为等级之制也。巴力门，即 Parliament 之译音，
盖英国议院之名也。所为诗喜持扯舶来新名词以自表异，大率类此！
而启超不谓然！曰："过渡时代，必有革命。然革命者，当革其精
神，非革其形式。吾党近好言诗家革命，虽然，若以堆积满纸新名
词为革命，是又满洲政府变法维新之类也！能以旧风格，含新意境，
斯可以举革命之实矣！"谭嗣同既死；启超独称夏曾佑与嘉应黄遵
宪，诸暨蒋智由，并推为新诗界三杰。其实三人皆取法古人，并未
能脱尽畦封！中国与欧美诸洲交通以来，持英荡与敦槃者，不断于
道；而能以诗鸣者，惟黄遵宪，毅然有改革诗体之志；模山范水，
关于外邦名迹之作，颇为夥颐；其成就虽未能副其所期；然规模既
大，波澜亦宏，世称"硬黄"，一时巨手矣！蒋智由、夏曾佑皆喜

摭用新理西事入诗；而智由则宗李翰林，风格固规模前人；是启超所谓"以旧风格，含新意境"者也。惟三人皆颇摭用新理西事以润泽其诗，与谭嗣同同；而启超则颇以伤格为讥耳！

启超既被放海外，而时时以文字煽导国人，前后为《清议报》《新民丛报》《新小说》《政论》《国风报》诸杂志，畅其旨意；而《新民丛报》播被尤广！国人竞喜读之，销售至十万册以上！清廷虽严禁，不能遏也。其间亦为革命排满之论；而其师康有为深不谓然！屡责备之；继以婉劝，两年之间，函札数万言。启超亦不慊意当时革命家之所为，惩羹而吹齑，持论稍变矣！初，启超为文治桐城；久之舍去，学晚汉、魏、晋，颇尚矜练；至是酣放自恣，务为纵横轶荡，时时杂以俚语、韵语、排比语及外国语法，皆所不禁，更无论桐城家所禁约之语录语，魏晋六朝人藻丽俳语，诗歌中隽语，及南、北《史》佻巧语焉。此实文体之一大解放。学者竞喜效之，谓之"新民体"；以创自启超所为之《新民丛报》也。老辈则痛恨，诋为"文妖"！然其文晰于事理，丰于情感。迄今六十岁以下四十岁以上之士夫，论政持学，殆无不为之默化潜移；可以想见启超文学感化力之伟大焉！录《俾士麦与格兰斯顿》一文。其辞曰：

欧洲近世大政治家，莫如德之俾士麦，英之格兰斯顿。俾士麦之治德也，专持一主义，始终以之。其主义云何？则统一德意志列邦是也。初以此主义要维廉大帝而见信用；继以此主义断行专制，扩充军备；终以此主义挫奥蹶法，排万难以行之。毕生之政略，未尝少变！格兰斯顿则反是！不专执一主义，不固守一政策；故初时持守旧主义，后乃转而为自由主义；壮年极力保护国教，老年乃解散爱尔兰教会；初时以强力镇压爱尔兰，终乃倡爱尔兰之当自治；凡此诸端，皆前后大相矛盾；然其所以屡变者，非为一身之功名也，非行一时之诡遇也，实其发自至诚，见有不得不变者存也！夫世界者，变动不居者也。一国之形势与外国之关系，亦月异而岁不同也。二三十年前所持之政见，至后年自觉其不适用而思变之；智识日增之所致乎，庸何伤焉！故能如格兰斯顿者，可谓之真守旧矣！俾公坚持其主义，而非刚愎自用者所得藉口。格公屡变其主义，而非首鼠两端者所可学步。曰："惟至诚之故！"

凡任天下大事者，不可无自信力。每处一事，既见得透，自信得过，则以一往无前之勇气以赴之；以百折不回之耐力以持之，虽千山万壑，一时崩坼，而不以为意，虽怒涛惊澜，蓦然号鸣于脚下，而不改其容；猛虎舞牙爪而不动；霹雳旋顶上而不惊；一世之俗论嚣嚣集矢，而吾之主见如故。若此者，格兰斯顿与俾士麦正其人也！格公倡议爱尔兰自治之时，自党分裂，腹心尽去，昨日股肱，今日仇敌；而格公不少变，乃高吟曰："舍慈子兮涕滂沱，故旧绝我兮涕滂沱！呜呼！绵绵此恨兮恨如何！为国家之大计兮，我终自信而不磨！"俾公为行德国之合邦，或行专断之政策，或出压制之手段；几次解散议院而不顾；几次以身为舆论之射鹄而不惧；尝述怀曰："以我身投于屠肆，以我首授于国民；我之所以谢天下苍生者，尽于是矣！虽然，我之所信者终不改之！我之所谋者终不败之！"呜呼！此何等气概！此何等肩膀！非常之原，黎民惧焉！非有万钧之力，则不能守一寸之功。

启超之文，篇幅之巨，亦创前古所未有。古人以"万言书"为希罕之称！而在启超无书不万言，习见不鲜也！《俾士麦与格兰斯顿》一文，洋洋六百余言，在古人不为短幅；而在启超则札记小品耳！然纡徐委备，往复百折，而条达疏畅，无所间断；气尽语极，急言竭论，而容与间易，无艰难劳苦之态；遣言措意，切近的当；能令读者寻绎不倦，如与晓事人语，不惊其言之河汉无涯。呜呼！此启超之文之所为独辟一径者也！启超自东渡以来，已绝口不谈"伪经"，亦不甚谈"改制"；而其师康有为大倡设孔教会，定国教祀天配孔诸议，国中附和之者众！而启超不谓然。常以为"中国思想之痼疾，在'好依傍'与'名实混淆'，而有为亦未能自拔！其大同之学，空前创获；而必谓自出孔子。及至孔子之改制，何为必托古？诸子何为皆托古？则亦'依傍''混淆'也已！此病根本不拔，则思想终无独立自由之望！"启超盖于此三致意焉！于是启超之学术思想，别出于康有为而自树一派，屡起而驳之，语具《新民丛报》。

启超见世之效为新民体者，学其堆砌，学其排比，有其冗长，失其条畅，于是自为文章，乃力趋于洞爽轩辟。《国风报》已臻洁净，朴实说理，不似《新民丛报》之浑灏流转，挟泥沙俱下！然排比如故，冗长如故！既，清廷逊国，启超自海外归，欲以言论与国人相见。而革命党人不悦；以为"启超曾主张君主立宪。在今共和政体之下，不应有发言权；即欲有言，亦当先自引咎以求恕于畴昔之革命党"。而启超归国之日，正黄兴出都之日；其时国民党本部已决议不攻启超，且愿与民主党合；以为启超，民主党之暗中党魁也。其时国民党人方痛骂之；而党魁黄兴则殷勤愿见梁某颜色；以启超在大沽遇风阻滞，候至数日而未得见，遂遗书痛骂，危言激论，谓其不慊于共和，希图破坏。而启超之徒，亦有疑于平昔所主张，与今日时势不相应，舍己从人，近于贬节；因嗫嚅而不敢出言。独启超意气洋洋，不欲授革命党人以间；而独居深念，知不尽言，且无幸。既抵京师，出席报界欢迎会，历陈二十年办报之经过，而卒言之曰："我欲以言论与国人相见，不可不以我之为我，自陈于国人之前。我则立宪党人也；我尤不可不以立宪党之为立宪党，剖析以陈国人之前。即以近年立宪党所主张，对于国体，主维持现状；对于政体，则悬一理想以求必达；此志固可皎然与天下共见！夫国体与政体本不相蒙；稍有政治常识者，类能知之矣。当去年九月以前，君主之存在，尚俨然为一种事实；而政治之败坏，已达极点。于是忧国之士，对于政治前途发展之方法，分为二派；其一派则希望政治现象日趋腐败，俾君主府民怨而自速灭亡者，即谚所谓苦肉计也；故于其失政，不屑复为救正，惟从事于秘密运动而已！其一派则不忍生民之涂炭，思随事补救，以立宪一名词，套在满政府头上，使不得不设种种之法定民选机关，为民权之武器，得凭藉以与一战。此二派所用手段，虽有不同；然何尝不相辅相成。去年起义至今，无事不资两派人士之协力，此其明证也。然则前此曾言君主立宪者，果何负于国民？在今日亦何嫌何疑而不敢为国宣力？至于强诬前此立宪派之人为不慊共和，则更无理取闹。立宪派人，不争国体而争政体。其对于国体主维持现状，吾既屡言之；故于国体，则承认现在之事实；于政体，则求贯彻将来之理想。夫于前此障碍极多之君主国体，犹以其现存之事实而承认之，屈己以活动于此事实之下；岂有对于神圣高尚之共和国体，而反挟异议者？夫破坏国体，惟革命党始出此手段耳！若立宪党，则从未闻有以摇动国体为主义者也；故在今日拥护共和国体，实行立宪政体，此自论理上必然之结果！若夫吾侪前此所忧革命后种种险象，其不幸而言中者十而八九；事实章章，在人耳目，又宁能为讳？既能发之，则当思所以能收之。自今以往，其责任之艰巨，视前十倍！今激烈派中人，其一部分则谓吾既已为国家立大功、成大业矣；畴昔为我尽义务之时期，今日为我享权利之时期；前此所受窘逐戮辱于清政府者，今则欲取什伯倍之安福尊荣于民国以为偿；此种人自待太薄，既不复有责备之价值！其束身自好者，则谓吾前此亦已尽一部分之责任，进国家于今日之位矣！自今以往，吾其可以息肩；则翛然尘外而已！而所谓温和派者，则忘却自己本来争政体，不争国体；因国体变更，而自以为主张失败，无话可说；如斗败之鸡，垂头丧气；如新嫁之娘，扭扭捏捏，而不知现在政治之绝未改良，立宪主张之绝未贯澈！若谓前此曾言君主立宪之人，当共和国体成立后，即不许其容喙于政治。吾恐古往今来，普天率土之共和国，无此法律。吾侪惟知中国人之中国，尽人有分，而绝非一部分人所得私！前清政府以国家为其私产，以政治为其私权，其所以迫害吾党，不使容喙于政治者，无所不用其极。吾侪未敢缘此自馁而放弃言责也！况在今日共和国体之下，何至有此不祥之言！"闻者莫不动容；即革命党亦无以难之。乃为《庸言报》以儆戒于国人；而睹国人忻于共和之名而昧其实也！作《罪言》曰：

> 无其实而尸其名，君子曰不祥，而狂愚鹜焉！天下鹜名之民，则未有过今日之中国者也！英人以守旧闻天下，我亦以守旧闻天下。彼旧其名而新其实。我旧其实而新其名。今英之王，非犹乎昔之王也；然固名曰王。其卡边匿（内阁）非犹乎昔之卡边匿也；其巴力门（国会）非犹乎昔之巴力门也；然固名曰卡边匿、巴力门。乃至一切法制礼俗，实质日日蜕变，转瞬陈迹；而千百年前之名，抱守勿弃也。我则反是！实莫或察而惟名之斷斷！钧是人也！名曰盐嫫，相望却走；易名嫱施，则啧啧共道其美也！厩无马，指鹿，锡以马名，则相庆曰吾有马矣！急焉榜于国门曰"立宪"，国遂为立宪国，民遂为立宪国民也。忽焉榜于国门曰"共和"，国遂为共和国，民遂为共和国民也。门以内勿问也，而日以所榜自豪！人所有者，我勿容无有

也。有责任内阁乎？曰有。有政党乎？曰有。有独立法庭乎？曰有。有自治团体乎？曰有。有学校乎？曰有。有公司乎？曰有。有能参政之女子乎？曰有。有能征讨之军士乎？曰有。乃至有旷世间出之伟人乎？曰有。朝弗善也，易以府；谕勿善也，易以令；军机处弗善也，易以秘书厅；内阁弗善也，易以国务院。尚、侍弗善也，易以总、次长；督抚弗善也，易以都督；镇、协弗善也，易以师、旅。爵秩弗善也，易以勋位；大人、老爷弗善也，易以先生。他人积百数十年而仅闻者，或更积百数十年而犹惧未致者，我一旦而尽有之。畴者共指为万恶之薮者，一易其称而众善归焉！偃师陈戏，鱼龙曼衍；瞿昙说法，楼台弹指。集事之易，进化之速，殆莫吾京也。狙公赋芧，朝三暮四，名实未亏，喜怒为用。我不喜怒于实而喜怒于名，其智抑加狙一等矣！久假不归，安知非有？名不足以欺天下，固可聊以自娱。虽然，啖名不饱！殉名自贼！及并其名而堕焉，则实落材亡，固已久矣！呜呼！

他所论说称是也。诵其文者比之东坡之嬉笑怒骂，俱成文章焉！时国内士夫，人人效为启超文，而启超转自厌倦所为，时时以诗古文辞质正于望江赵熙、闽县陈衍诸人；而赵熙尤所心折！赵熙，字尧生。逊清宣统末，由翰林院编修转江西道监察御史，奏劾邮传部尚书盛宣怀借债卖路，直声震朝宁！而诗功湛深，苍秀密栗，成

之极易；见者莫不以为苦吟而得，其实皆脱口而出，不加锤炼者
也！尝与同官杨增荦及陈宝琛、陈衍数人联句，意思萧闲，若不
欲战；而占句特多，下笔则纚纚不自休。同辈樊增祥、易顺鼎、陈
三立外，莫与比捷。而诗格各不同；尤工言山水。增荦改官将之
蜀。熙成《竹枝词》三十首送行，专写入蜀山水，自鄂渚至成都
者。陈衍诵而爱之，请书一横幅见界。熙立增首尾四诗为赠云：
"石遗老子天下绝，谈诗爱山无世情！大好金华读书处，闻风心到
锦官城。""送客魂销下里词，故人杨子最能诗。迟君一纵巴山
棹，细雨迎秋唱竹枝。""千山万水三生约，好句亲题送子云。西
向定将人日报，草堂花发最思君！""水驿山程约略齐，并应渔具
手中携。闲吟为伴陈无己，一夜乡心到蜀西。"次日，衍相过，熙
送行诗，又增为六十首矣！衍以告增荦，无不叹其敏捷！增荦在京
师，诗名甚盛；高秀似放翁，闲适出右丞；其风骨峻峭之作，又时
近文与可、米元章；诗境时与熙不同；而致叹熙之缒幽凿险，范山
模水，出以歌咏，直有抉天心、探地肺之奇；不徒以捷给见长也！
熙自言："三十前学诗。三十后专治小学、古文。年近五十，又学
诗。文章高下之境，一一悬量胸中，求以自立；乃知世之驰逐虚声
者，政瀫若海也！有知以来，荷交海内通人，其性好大都不一。今
老矣，追数一生闻见，仍以仁者为至难！若词采蔚然，或周知雅
故，凤凰之异于凡鸟，毛羽固殊；然自别有和盛之德也！"每观近
人刻集多空陋；心嗤其骜名而无本，遂自戒不轻付刻。问学道义，
相知者无不爱敬！而启超闻声忾慕，致其相思，每不自觉长言永

叹，感慨之深也！方其遁荒海外，有《庚戌秋冬间，因若海纳交于赵尧生侍御，从问诗古文辞，所以进之者良厚，顾羁海外，迄未识面，辄为长谣以寄遐忆》一诗；其辞曰：

道术无古今，致用乃为贵。交亲无新旧，相尚在风义。我以古人心，纳交当世士。夙慕蜀多才，捧手得数子；直节刘子政，粹德杨伯起。（原注：裴村、叔峤两京卿。）其人与其言，磊磊在青史。早年所往还，尤敬延陵季。诸郎尽麟凤，昵我逾昆季。（原注：吴季清先生及德嗣铁樵、仲弢、子发兄弟。）料简心相宗，研索象数旨。执御汔无成，哭寝但颓泚！觥觥周孝侯，刚果通大理。官节遍三川，气骨横一世。此并赵侯友，夙昔不我弃！赵侯云中鹤，轩轩抗高志。名节树藩篱，艺林厚根柢。峨眉从西来，去天尺有咫，终古孕冰雪，元精逼象纬。御风问真源，独往恣所止。八十四盘陀，陂陂印屐齿。荡胸极雄深，即境领新异！所以其文行，邈与俗殊致。开元及元和，去今各千祀；君独遵何辙，接彼将坠纪？诗撼少陵律，笔摩昌黎垒。择言转气盛，刊华得神拟。浩浩扬天风，郁郁斐兰芷。幽幽缭洞壑，漠漠弄洲沚。诀荡天门开，恢诡蜃市起；迅健骏下坂，淡宕鱼戏水。有时一篇中，摄受万态备；探源析正变，证诣愜醇肆。自从同光来，斯道久陵替。岂期万人海，复听九皋唳。固知言皆宜，要在中有恃。文章虽小道，可以觇识器，释褐及中年，簪笔作谏议。上策皆贾、晁，陈义必牧、赞；遥遥千圣心，落落天下计！昔昔勤论思，字字迸血泪。亦知逆耳言，凤干道家忌！黎元正倒悬，斧锧安得避？回天精卫瘏，逐恶鹰鹯鸷。谏草留御床，直声在天地！自我出国门，交旧半弃置！遝听得云天，怀想空梦寐。何期绝尘姿，盼睐及下驷！群动蛰三冬，尺素枉千里。我学病驰骛，所养失端委。皇皇求助友，恳恳得砻砥；商量到刊分，往复累百纸。吁嗟末俗心，相应以骄伪。岂闻倾盖交，乃辱百朋赐！天步正艰难，民生日憔悴！衔石念海枯，入渊援日坠。吾徒乘愿来，为此一大事。君其体坚贞，走也将执绋。燕市风萧萧，须浦月弥弥！相望不相即，歌答杂商徵！闲居潘安仁（潘若海），就我方谋醉。聊因天末风，一讯君子意！

时民国建元之前二年庚戌也。民国既建，入都，则时时与林纾、陈衍、易顺鼎过从；述志言情，间出俪体。《答宋伯鲁书》曰：

芝栋先生几下：

萧瑟平生，哀时泪尽；从军书剑，双鬓飘零。仰灵光其嵯峨，标清流之眉目；关西称为夫子，天下惟有使君！忆昔春明之游，梦如隔世！抚今感往，下泪如縻。钩党西京，朝衣东市；兰摧瓜蔓，骨折心惊！蜚语载以百车，知名尽于一网！投井其汹汹下石，戴盆则郁郁瞻天！狱急同文，令严大索。公既诖议，仆亦遁荒。或削迹柏台而荷戈，或窜身樱岛而橐笔。解手背面，星纪再更。私谓此生，无再相见。不意命悬虎口，誓验乌头；整顿乾坤，二三豪俊！吴竟鹿游目睹，梁以鱼烂自亡。至于仆者，皮骨已空，文字不死！公乃以口舌之先声，比廓清于武事。见誉其过，乌敢承哉！帝社既屋，公名如山！每念履綦，苦探息耗。兹承锡以咳唾，慰其索离。重喜高贤，谋参闼幄。毕缄咨答边防，近见颇牧。山涛言议兵事，暗合孙、吴。方之古人，风采与匹！又假麾下之余闲，度秦中之支部。导宣政略，藻镜人伦。从者如云，所居成市！从此莲花千叶，观山先拜主峰；神木万年，设治不遗边县。同人拜赐，吾道西行。疏示经用不充，故党务多寨。已如尊旨，转告同侪。苟活水之有源，必分支以普润。仍烦棘手，共矢素心。譬犹河导龙门，天擎华岳，兹事非公莫属矣！仆叨冒时誉，因缘幸会，无才试吏，有路妨贤。倘获拭目升平，屏身陇亩，释禽鱼于笼缚，访蓑笠之交游，亲觌燕私，追谈忧患，寻求白渠之故址，考订黑水之真源，登龙首而盛缅未央，涉辋川而遐瞻杜曲，赋诗洒洒，一览千秋；盖不劳域外之游踪，而自极生人之奇趣者矣！顷间主国即真，兵衅鏖靖。特公私扫地，礼教横流；正俗救贫，骤无长计！即仆所司刑狱，有策亦付悬谈。财力窟空，人才消竭。在昔白云宿

吏，坐曹犹鲜专家！今则黄领稚年，筮仕即为长令！师门
甫别，宦牒同荣，更事未深，攫谤奚免！此欲案无留牍，
狱鲜冤声；亦恐貌饰维新，口惭谀颂。不剪兹弊，奚以临
民；伏维我公学行绝人，经纶冠世，前所云云，治本攸系。
是用顿首上请，为国乞言。庶几日照潼关，不吝分明逮仆
矣乎？南海师顷奉家讳，未计出山，后有所闻，续日邮报。
即今世网逼侧，愿公珍啬自寿，黄发相期，下情岂胜向往
之至！不宣。

宋伯鲁者，昔官御史，与启超欢好；而以预于戊戌变政谪戍者也。
方戊戌政变之无成也，梁启超以致怨于袁世凯。及世凯当国，为临
时大总统，则曲意以交欢于启超。启超既不慊于革命原动力之所谓
国民党者；于是拥其徒从以组进步党而自为之魁。世凯遂用之以倾
国民党也！而进步党者，则共和党之所自出。迨事之急，长沙章士
钊遇武进杨廷栋翼之于江苏都督程德全所。廷栋则共和党员也。士
钊为言："项城杖视共和党，杖南方狗。狗毙，杖亦随手弃耳！"
不听！国民党之初计，既欲破进步党与袁世凯之联合，以孤世凯之
势；又欲破启超与进步党之连合，以孤进步党之势。卒不得逞，而
有宁沪之役，以资袁世凯削平东南，摈国民党而放流之，当选为第
一任大总统，盖多藉重于启超。国民党既覆，袁世凯以凤凰熊希龄
为国务总理。希龄不可。启超以大义敦劝，谓"苟利国家，何恤小
己！"希龄不得已起，欲成第一流经验与第一流人才之内阁，而以
启超长教育。启超坚辞。希龄大不怿，诘曰："我不欲出，而公责

以牺牲。我既牺牲，而公乃自洁；岂熊希龄三字，不抵梁启超三字之值价耶？公且不出，其他何望！"声色俱厉。而世凯闻启超之坚不出，昌言："大局如此！社会责我不用新人；及竭诚相推，而新人复望望然！"启超乃亲见世凯，自明出处之义。会希龄入谒，世凯乃谓："总理在此，君可自与商之。"苦辞往复，不得要领出。希龄黯然。总统府秘书等惕然！世凯乃语人曰："任公不任，成何说话！"启超不得已起，为司法总长，顾无所设施，为世凯撰拟文字，出入讽议。会逊国隆裕皇太后卒；代表大总统致祭《清德宗帝后奉安文》曰：

一九一三年十二月十二日，大总统袁世凯谨代表国民遣官赵秉钧、梁启超、朱启钤、荫昌、崐源、陆建章、马龙标等，致祭于大清德宗景皇帝、大清孝定景皇后之灵，曰：呜呼！遇密而如丧考妣，已韬天山之義娥；闻善而若决江河，同颂女中之尧舜。三千牍神功圣德，民不能忘，卅六宫懿范徽音，史犹可述。惟我德宗景皇帝冲龄践祚，变法图强；孝思不废于寝门，俭德弥彰于卑服。龙髯递逝，鼎湖弃乌号之弓，马鬣未封，橐泉待鱼膏之烛。望苍梧而叫虞帝，不返六螭；歌《黄竹》而吊周王，难回八骏。孝定景皇后尧门表瑞，姒屋垂型。伤别鹄于离弦，感斗麟于失镜。神器不私一姓，大同则天下为公；惠泽流于千春，让德则万邦惟宪。方冀翟榆日畅，慈竹长青。何期鸾掖风凄，奈花竟白！衔哀二圣，永痛重泉。在天之灵爽倘凭；
率土之哀思弥切！虽配天配地，无改骏奔之容；而葬阴葬
阳，未合鲋鱼之象！今者灵辒并举，吉壤同安；六台霜凄，
万人雨泣！拜汉家之陵墓，长对南山；降弟子之灵旗，倘
逢北渚。郁葱佳气，定产夏黄之芝；邃密幽扃，岂怆冬青
之树。再窥松柏，应见云飞；迟荐樱桃，伫看春熟。九夏
饮帝台之水，象为耕而马为耘；八方怀女几之山，鸾自歌
而凤自舞。尚飨！

一书一文，于启超中年以后为别调；倘初年学晚汉、魏晋，绮习未
除，而有忍俊不禁者耶！于是之时，启超亦时时学为桐城文以应人
请；而因事抒慨，亦致深切动人；是其天性善感，终非描头画角所
可几也。跋周印昆所藏《左文襄公书牍》曰：

《左文襄公书牍》三册，皆公上其外姑周太君及致其
妻弟汝充汝光两先生者也。公殁后三十余年，汝光先生之
孙印昆始搜缀装池之，自宝袭焉，且以遗子孙。启超谨按：
公微时，馆甥于周者且十岁。其间常计偕如京师；授学陶
文毅家，抚其孤，理其产；后乃入骆文忠幕，渐与闻国家
事矣！而筠心夫人犹依母而居；女公子亦育于外氏。故公
与周氏昆弟，分虽姻娅，而爱厚过骨肉；其视周母若母也！
此三册者，则当时十余年间所相与往复也。其间以学业相

砥砺，以功名相期许者，固往往概见；而其泰半乃家人语，
谋所以治生产作业，计农畜出入至纤悉，盖文襄自始贫无
立锥地！其俨然成家室，无恤饥寒自此时也！昔刘玄德论
人物，以谓"求田问舍，为陈元龙所羞"；而躬耕之孔明，
则三顾之；抑何以称焉？吾又尝读《曾文正公家书》，
其训厉子弟以治生产作业，计农畜出入至纤悉，殆更甚于
左公书；又何以称焉？盖恒产恒心之义，岂惟民哉？士亦
有然。士不至以家计撄虑，乃可以养廉，可以壹志。而恃
太仓之米以自赡畜者，其于进退之间，既鲜余裕矣！印昆
与启超同生乱世，不能为畸处岩穴之行；寒苦盗廪，而以
任天下事自解嘲；其视昔贤所以善保金玉者何如哉！吾跋
斯册而所感仅此；后之揽者，亦可以知其世也！

跋尾署甲寅四月，盖一九一四年也。于是启超既一出为袁世凯之司
法总长，寻转币制局总裁，以无所事事辞职；贻书世凯曰："以不
才之才，为无用之用。"世凯笑曰："卓如非不才，总裁实无用！"
自以平日所怀政略，百不施一二；而徒食于官以自愧厉！故感激而
发若此。会欧战初起，遂假馆西郊之清华学校，作《欧洲战役史论》
以诏国人，意甚自得。有《甲寅冬假馆清华学校，著书成〈欧洲战
役史论〉，赋示校员及诸生》一诗；其辞曰：

在昔吾居夷，希与尘容接。箱根山一月，归装橐盈箧。

虽匪周世用，乃实与心惬。如何归乎来，两载投牢筴；愧
俸每颡泚，畏讥动魂慑。冗材惮享牺，遐想醒梦蝶。推理
悟今吾，乘愿理凤业。郊园美风物，昔游记逌怏。愿言赁
一庑，庶以容孤箧。其时天逢凶，大地血正喋；蕴怒凤争
郑，导衅忽刺歇。解纷使者标，合从载书歃。贾勇羞目逃，
斗智屡踵蹑。遂令六七雄，傞舞等中魇！澜倒竟畴障，天
坠真已压。狂势所籈薄，震我卧榻魺！未能一九封，坐遭
两鲸挟。吾衰复何论！天僇困接折。猛志落江湖，能事寄
简牒。试凭三寸管，貌彼五云叠。庬材初类匠，诇势乃如
谍。溯往既缅缅，衡今逾喋喋。有时下武断，快若髢赴镊！
哀哉久宋聋，持此饷葛龛！藏山望岂敢，学海愿亦辄。月
出天宇寒，携影响廓屧。苦心碎池凌，老泪润阶叶。咄哉
此局棋，坏角惊急切。错节方余畀，畏途与谁涉。莘莘年
少子，济川汝其楫！相期共艰危，活国厝妥帖。当为雕鸢
墨，莫作好龙叶。夔空复怜蚿，目若不见睫！来者倘暴弃，
耗矣始愁喋！急景催跳丸，我来亦旬决。行袖东海石，还
指西门喋。惭非徙薪客，徒效恤纬妾。晏岁付劳歌，口呿
不能嗋！

综前所述，可知启超归国以来，则亦时时喜治所谓诗古文辞者；盖
其时在京师投简札而与过从者，大率治诗古文辞者多也；最折服为
赵熙，每有所为，常以质正焉！又有《寄赵尧生侍御以诗代书》一

篇；其辞曰：

山中赵邠卿，起居复何似？去秋书千言，短李为我致。生客睹欲夺，我怒几色市。此复凭罗隐，寄五十六字。把之不忍释，旬浃同卧起。稽答信死罪，惭报亦有以：昔岁黄巾沸，偶式郑公里。岂期姜桂性，遽撄魑魅忌！青天大白日，横注射工矢。公愤塞京国，岂直我发指！执义别有人，我仅押纸尾。怪君听之过，喋喋每挂齿！谬引汾阳郭，远拯夜郎李！我不任受故，欲报斯辄止。复次我所历，不足告君子！自我别君归，嘐嘐不自揆！思奋躯尘微，以救国卵累！无端立人朝，月蹱迅逾纪。君思如我戆，岂堪习为吏？自然枘入凿，窘若磨旋蚁。默数一年来，至竟所得几？口空瘩罪言，骨反销积毁！君昔东入海，劝我慎衽趾。戒我坐垂堂，历历语在耳。由今以思之，智什我岂翅！坐是欲有陈，操笔此颞沘！今我竟自拔，遂我初服矣！所欲语君者，百请述一二。一自系鞄解，故业日以理。避人恒兼旬，深蛰西山阯。冬秀餐雪桧，秋艳摘霜柿。曾踏居庸月，眼界空凤浑。曾饮玉泉水，冽芳沁痠脾。自其放游外，则溺于文事；乙乙蚕吐丝，汨汨蜡泫泪；日率数千言，今略就千纸。持之以入市，所易未甚菲。苟能长如兹，馁冻已可抵。君常忧我贫，闻此当一喜。去春花生日，吾女既燕尔。其婿凤嗜学，幸不橘化枳！两小今随我，述作亦斐亹。

君诗远垂问，纫爱岂独彼！诸交旧踪迹，君倘愿闻只！罗瘿跌宕姿，视昔且倍莛！山水诗酒花，名优与名士；作吏更制礼，应接无停鼙。百凡皆芳洁，一事略可鄙！索笑北枝梅，楚璧久如扆。曾蛰蛰更密，足已绝尘轨。田居诗十首，一首千金值，（原注：蛰厂躬耕而丧其赀。）丰岁犹调饥，謇举义弗仕；眼中古之人，惟此君而已！彩笔江家郎，（原注：翊云。）在官我肩比。金玉觥自保，不与俗波靡！近更常为诗，就我相磋砥。君久不见之，见应刮目视！三子君所笃，交我今最挚！陈、林、黄、黄、梁，（原注：陈征宇、林宰平、黄孝觉、哲维、梁众异。）旧社君同气。而亦皆好我，襟袍互弗闶。更二陈，（原注：弢庵、石遗。）一林，（原注：畏庐。）老宿众所企！吾问一谐之，则以一诗赞。其在海上者：安仁（原注：潘若海。）嘻憔悴！顾未累口腹，而或损猛志！孝侯（原注：周孝怀。）特可哀，悲风生陟屺；君曾否闻知，备礼致吊诔？此君孝而愚！长者宜督譬。凡兹所举似，君或稔之备，欲慰君索居，词费兹毋避。大地正喋血，毒螫且潜沸！一发之国命，懔懔驭朽辔！吾曹此余生，孰审天所置？恋旧与伤离，适见不达耳。以君所养醇，宜夙了此旨。故山两年间，何藉以适己？箧中新诗稿，曾添几尺咫？其他藏山业，几种竟端委？酒量进抑退，抑遵昔不徙？或一比持戒，我意告者诡！岂其若是忞，辜此郇筒美！所常与钓游，得几园与绮？门下之俊物，又见几骎骎？健脚想如昨，较我步更驶。峨眉在户牖，贾勇否再拟？琐琐此问讯，一一待蜀使。今我寄此诗，媵以《欧战史》；去腊青始杀，敝帚颇自喜！下走代班籍，将勿笑辽豕？尤有《亚庖集》，我嗜若脍炙；谓有清一代，三百年无此。我见本井蛙，君视谓然否？我操兹豚蹄，责报乃无底！第一即责君，索我诗瘢痏。首尾涂肥之，益我学根柢。次则昔癸丑，禊集西郊沚。至者若而人，诗亦杂瑾玼。丐君补题图，贤者宜乐是。复次责诗卷，手写字栉比。凡近所为诗，不问近古体；言多斯益善，求添吾弗耻。最后有所请，申之以长跪。老父君夙敬，生日今在迩。行将归称觞，乞宠以巨制。乌私此区区，君义当不诿！浮云西南行，望中蜀山紫。悬想诗到时，春已满杖履。努力善眠食，开抱受蕃祉！桃涨趁江来，伫待剖双鲤。岁乙卯人日，启超拜手启。

赵熙以外，启超又尽裒生平所为诗数百首，畀之陈衍曰："子为我正之。"衍亦奋其笔削，未尝有所逊谢退让诿避也！曰："任公诗如其文，天骨开张，精力弥满。顾任公《庚戌秋冬间，因若海纳交于赵尧生侍御，从问诗古文辞，辄为长谣以寄迟忆》一诗；'衔石念海枯'句，与上'回天精卫瘏'句事复；不如易'精卫'为'鸱鸮'，与'瘏口''回天'意均合。大抵古体长于近体；惟七律中对时有未工整处；古体诗用韵有上去声通押者，似非所宜。"启超亦不为嫌也。此四五年中，厥为启超文学之复古时期焉。

启超既相袁世凯以翦国民党！国民党尽，袁世凯专政；启超亦不用事，遂返粤而省其父。既而入都，道南京。江苏将军冯国璋告之曰："我闻总统将帝制自为；我辈不力争，无以谢天下！"遂偕启超俱入京以谒袁世凯也，将以谏。既入见，世凯知二人欲有言，即称曰："外论欲我称帝以定民志。然天下尽人可更变共和国体；惟我不可变更共和国体。我为民国元首，就任之日，信誓旦旦，为民国永远保存此国体。我若渝誓，人即不言，我何面目以临民上！"辞气慷慨。寻又曰："我已小筑数椽于英伦；若国民终不见舍，行将以彼土作汶上。"两人嗫不发一言而出。启超行且顾国璋微语曰："我观总统意无他；讹传耳！"国璋惭应曰："然，讹传耳！"国璋南归；而启超则赴天津，杜门读书，若示无意于天下；信世凯之果不为帝也！俄而总统府宪法顾问美博士曰古德诺者，昌言共和国体不适中国国情，著为《共和与君主论》，历举中美、南美、墨西哥诸共和国之卒以坏国残民，以大戒于国。群情震沸！于是参政院参政杨度遂发起筹安会，以研讨君主、民主国体二者之于中国孰为适也！启超既诵古德诺之论，以语其徒，且骂且哂曰："此义非外国博士不能发明耶！则其他勿论，即如鄙人者，虽学说谫陋，不逮古博士万一，然博士今兹之大著，直可谓无意中与我十年旧论，同其牙慧。特恨透辟精悍，尚不及我十分之一、百分之一耳！此非吾妄自夸诞，坊间所行《新民丛报》《饮冰室文集》，何啻百十万本？可覆按也！独惜吾睛不蓝，吾髯不赤；

故吾之论，宜不为国人所倾听耳！呜呼！前事岂复忍道？吾愿国中有心人，试取甲辰、乙巳两年《新民丛报》之拙著一覆观之。凡辛亥迄今数年间，全国民所受苦痛，何一不经吾当时层层道破！其恶现象循环迭生之程序，岂有一焉能出吾当时预言之外！然而大声疾呼，垂涕婉劝，遂终无福命以荷国民之嘉纳；而变更国体所得之结果，今则既若是矣！夫孰谓共和利害之不宜商榷？然商榷自有其时。当辛亥革命初起，其最宜商榷之时也。过此以往，则殆非复可以商榷之时也。呜呼！天下重器也！可静而不可动也！岂其可以反复尝试，废置如弈棋；谓吾姑且自埋焉，而预计所以自揎之也！吾自昔常标一义以告于众，谓吾侪立宪党之政论家，只问政体，不问国体。盖国体之为物，既非政论家之所当问，尤非政论家之所能问。方当国体彷徨歧路之时，政治之一大部分，恒呈中止之状态，殆无复政象之可言；而政论更安所丽！苟政论家而牵惹国体问题，政导之以入彷徨歧路；则是先自坏其立足之基础，譬之欲陟而捐其阶，欲渡而舍其舟。故曰'不当问'。何以言乎'不能问'？凡国体之一彼一此，其驱运而旋转之者，恒存夫政治以外之势力。其时机未至耶？绝非缘政论家之赞成，所能促进。其时机已至耶？又绝非缘政论家之反对所能制止。以政论家而容喙于国体问题，实不自量之甚！故曰'不能问'。岂惟政论家为然！常在现行国体基础之上，而谋政体政象之改进，此即政治家惟一之天职；苟于此范围外越雷池一步，则是革命家或阴谋家之所为；岂堂堂正正之政治家所当有！故鄙人生平持论，无论何种国体，皆非所反对；惟在现在国体之下，而思以异议鼓吹他种国体；则无论何时，皆必反对！"世凯既藉启超以虿国民党而无所于惮；独畏启超有异议，则馈之十万金，曰："敢以为太公寿也！"将以饵而间执启超之口。顾启超则谢不受，而著《异哉所谓国体问题》一文，以复于世凯，以播之国中，而清议渐彰。卒出秘计以脱其弟子蔡锷于羁，俾之出走，而起兵云南，讨袁世凯之罪。蔡锷之走，启超则与把臂约曰："行矣勉旃！事幸而捷，吾党毋以宠利居成功，不猎官，不怙权，还读我书。败则以死殉之，不走租界，不奔外国！"蔡锷诺，请如命。袁世凯既失蔡锷，所以侦启超者严甚。启超惧不免，微服行；中宵与妇诀，妇送之门曰："上自君舅，下逮儿女，我一身任之。君但为国死，毋反顾也！"容烈而辞壮，启超为神王焉！既抵上海，则航海走安南，间关千里，之南宁，说广西将军陆荣廷举兵北出，取湖南以应蔡锷。而广东将军龙济光既受袁世凯之命，引兵西向，示欲攻荣廷，牵之不得北。而蔡锷久困泸州，兵顿势绌；启超计无所出，则只身走广州，抚龙济光而柔之，卒燔世凯，而奠民国，启超之力也。世凯既死，副总统黎元洪代为大总统。国民党再起用事，乃制宪法，于是启超在北京虎坊桥演说《宪法之纲领》，大旨惩前失，戒师心，按时立论，闻者震悚。会欧战停，美、英、法、日、意五强国开和会于巴黎，而日本方要盟是利，以谋侵占我山东。我以陆征祥、顾维钧为和会代表。而启超则以私人往。既至，万国报界方设俱乐部于巴黎，则以启超之为中国报界名主笔也，辄盛馈具宴焉！盖和会开时，万国报界俱乐部尝宴飨者四人；一美之国务卿兰辛，一英之外交大臣巴尔福，一希腊首相维亚柴罗，皆一代之英！而其一则中国名主笔梁启超也。顾以日人之狡焉启疆于我也，佥议不邀日本。而日本新闻记者五人，则志愿参加焉。于是启超辄即席以演说山东问题曰："假有一国而欲承袭德人在吾山东侵略主义之遗产者，此和平之公敌，而为世界第二大战之媒者也！"四座为之鼓掌，日记者无如何。美记者赛蒙氏以著《战史》有名者也，则问于启超曰："汝回国将何以？岂欲携西洋之所谓科学文明以归饷遗国人耶？"启超曰："然！"赛蒙太息言曰："汝毋然！西洋竞富强，中国尚仁义。富强者，科学之所致也；仁义者，经典之所遗也。然而争民施夺，末日将至！西洋文明则破产矣！噫！甚矣急！"启超愕曰："然则公将何以？"赛蒙曰："我归杜门不事事，静俟公之输中国文明以相救拔尔！"启超为之怃然。顾此一役也，启超之于国事裨补也鲜，而学问文章之转变也甚大。其文学转变之足征者，即由复古文学而骎骎回向新民体；又舍诗古文辞不为，而时时为语体文也。在英京《与弟仲策书》曰：

仲弟鉴：

半载无书，知觖望者不独吾弟也！淹法三月，昨日又来英矣！今日最称清暇，草草寄此纸，地远讯疏，殆恒情耶。默计一书往复，例须三月，甫执笔而兴已减。吾书固稀，弟亦不数！余亲朋几无一字。以云缺望，彼此均也。而此间之忙，又为乏书之最大原因，弟宜察之。今当首述吾四月来之状况，以慰远怀。简单言之，则体气日加强，神志日加发皇也。起居虽非严格的有节制；然视国内生活，较有秩序；运动及呼吸空气时较多；故体胖而颜泽。最近影相，曾次第奉寄；试以较去岁病后，所影殆如两人矣！至内部心灵界之变化，则殊不能自测其所届；数月以来，晤种种性质差别之人，闻种种派别错综之论，睹种种利害冲突之事；炫以范像通神之图画雕刻，摩以回肠荡气之诗歌音乐，环以恢诡葱郁之社会状态，袄以雄伟娇变之天然风景；以吾之天性富于情感，而志不懈于向上；弟试思之，其感受刺激，宜如何者！吾自觉吾之意境，日在酝酿发酵中！吾之灵府，必将产生一绝大之革命性！革命产儿为何物？今尚在不可知之数耳。数月来，主要之功课，可分为四：一曰见人。二曰听讲义。三曰游览名所。四曰习英文。法国方面之名士，已见者殆十之七八，其多见者，则政治家及哲学家、文学家也。政治家除专制怪杰之克里曼梭外，殆皆已见。克氏专派一属员来相接待，维两度约见皆以忙而订后期。大约此人须待彼下野后始见矣。法之政党以十数，自极右党，自极左党，其首领皆已见，觉气味最好者为社会党，次则王党，次则天主教党；所谓温和共和党，急进共和党者，最占势力，而最为无聊；中庸君子之性质，万方同概也！学者社会极为沉灇。第一流之哲学家三人，皆已见，且成交契。其文学家则第二流者略已见。最著名之两人以不在巴黎，未获见；将来必当见也！巴黎人最富于社交性，每赴茶会一次，可得友无算。吾于其他茶会多谢绝；惟学者之家，有约必到；故所识独多，若再淹留半年，恐全巴黎之书呆子，皆成知己矣！所见人最得意者有二：其一为新派哲学巨子柏格森。其二为三国协商主动人大外交家笛尔加莎。二人皆为十年来梦寐愿见之人，一见皆成良友，最足快也。笛氏与克里曼梭，两雄相厄，今方为失败者！然其人精悍谙练，全法之政界殆罕俦匹，将来必有活动无疑！彼之外交，精通欧洲情状；而对于远东实多隔膜。他日再见，当有以进之。吾辈在欧访客，其最矜持者，莫过于初访柏格森矣！吾与百里、振飞三人，一日分途预备谈话资料；彻夜读其所著书，检择要点以备请益。振飞翻译，有天才，无论何时，本皆纵横自在；独于访柏氏之前，战战栗栗，惟恐不胜！及既见，为长时间之问难，乃大得柏氏褒叹，谓吾侪研究彼之哲学极深邃云！可愧也！吾告以吾友张东荪译彼之《创化论》，已将成；彼大喜过望，索赠印本，且允作序文；乞告东荪努力成之；毋使我负诺责也。除法人外，则美国人最多见。五全权已见其四，为威尔逊、兰辛、何斯大佐、槐德。惟英人甚寡缘，其要人皆未得一面也。此外小国名士见者甚多。希腊各当局尤稔熟；因归途欲游雅典，特与结欢也。芬兰、波兰人极力运动我往游彼国，然交通太不便，未必能成行。游历地方颇少！初到时，曾以十日之力游战地及莱因河左岸联军占领地，其后复游北部战地，又一游克鲁苏大铁厂；除此三外，未尝出巴黎一步。将来法国南部农工业最盛处，非游不可。惟在法游历，有一难题，因其政府招待太殷勤，每游一次，必派数员随伴；且旅费皆政府供给；吾受之滋愧，因此颇阻游兴也！住巴黎虽有数月，然游览名胜颇少，因每日太忙，惟来复稍得休暇，则尽一日之力以流连风景，故所得殊少。其间有可特别相告者三事：其一游隧道内，陈髑髅七百万具，皆大革命时发掘累代古坟，罗列此间者；当为世界独一无二之壮观！入之胜读佛经七百万卷也！其二游卢骚故居，即著《民约论》处；其阍人言亚洲人来游者，以吾辈为嚆矢也！其三有一七十八岁之老女优，当拿破仑第三时已负盛名者，多年不登场矣！某日为一文豪纪念，特以义务献技，其日吾本约往参议院旁听；临时谢绝，改往听之，因得一瞻西方谭叫天之颜色；实此行一段奇事也！又曾乘飞机腾空五百基罗米突！曾登最大之天文台，窥月里山河，土星光环。此皆足记者！至博物馆、图书馆、美术馆等，皆匆匆而已。最苦者，每诣一处，其政府皆先知照该馆，馆长职员等全部官样迎送，甚感局促也！生平不喜观剧，弟所知也！至此乃不期而心醉！每观一次，恒竟夜振荡不怡，而嗜之乃益笃。虽然，为时日所限，往观尚不

逮十度也。吾在此发愤当学生，现所受讲义：一、战时各
国财政及金融。二、西战场战史。三、法国政党现状。
四、近世文学潮流。即此已费时日不少矣！其讲义皆精
绝，将来可各成一书也。他日复返法，尚拟请柏格森专为
讲授哲学，不审彼有此时日否耳？此行若通欧语，所获奚
啻十倍！前此蹉跎，虽悔何裨！今惟汲汲作补牢计耳！故
每日所有空隙，尽举以习英文，虽甚燥苦，然本师（丁在
君）奖其进步甚速，故兴益不衰！吾弟读至此，则吾每日
之起居注，可以想象得之矣！质言之，则数月来之光阴，
可谓一秒一分未尝枉费。所最鞅鞅者，则中国人之拜往寒
暄，饮食征逐，夺我宝贵时间不少！此亦无可如何也。弟
察此情形，则我书稀阔之罪，当可末减耶？所最负疚者，
此行与外交丝毫无补也！平情论之：失败之责任，什之
七八在政府，而全权殊不足深责。但据吾所见：事前事
后，因应失当者亦正不少！坐视而不能补救，付诸浩叹而
已！三四月间谣言之兴，悬想吾弟及同人不知若何怫怒？
尔来见京沪各报为我讼直者，亦复多方揣测，不得其真
相。其实此事甚明了，制造谣言，只此一处！即巴黎专使
团中之一人是也。其人亦非必特有所恶于我；彼当三四月
间，兴高采烈，以为大功告成在即，欲攘他人之功，又恐
功转为人所攘，故排亭林，排象山。排亭林，妒其辞令优
美，骤得令名也。排象山者，因其首领，欲攻而代之也。

又恐象山去而别有人代之也，于是极力谋毁其人；一纸电报，满城风雨。此种行为，鬼蜮情状，从何说起。今事过境迁，在我固更无劳自白。最可惜者，以极宝贵之光阴，日消磨于内讧！中间险象环生，当局冥然罔觉；而旁观者又不能进一言！呜呼！中国人此等性质，其何以自立于大地耶？

盖启超游欧时，学问思想之变，具详所著《欧游心影录》。此文仅引其绪而已。大抵启超为人之所以异于其师康有为者：有为执我见，启超趣时变；其从政也有然，其治学也亦有然。有为常言："吾学三十岁已成，此后不复有进，亦不必求进。"启超不然，常自觉所学于时代为落伍，而懔后生之可畏，数十年日在旁皇求索中。故有为之学，站定脚跟，有以自得者也；启超之学，随时转移，巧于通变者也。方启超之游欧洲而归也，骤见军阀称兵，党人横议，民不聊生，事益无可为，乃宣言不谈政治，意以文学自障，舍一时而争百年之业。少年有绩溪胡适者，新自美洲毕所学而归，都讲京师，倡为白话文，风靡一时；意气之盛，与启超早年入湘主时务学堂差相埒也！启超则大喜，乐引其说以自张，加润泽焉！诸少年噪曰："梁任公跟着我们跑也！"以视民国初元，启超日本归来之好以诗古文词与林纾、陈衍诸老相周旋者，其趣向又一变矣！顾启超出其所学，亦时有不"跟着诸少年跑"而思调节其横流者。诸少年排诋孔子，以"专打孔家店"为揭帜；而启超则终以孔子大中至正，模

楷人伦，不可毁也。诸少年斥古文学以为死文学；为骈文乎？则斥
曰选学妖孽；倘散文乎？又谥以桐城谬种；无一而可。而启超则治
古文学，以为不可尽废，死而有不尽死者也；启超论文之旨，则具
见于《论中国韵文里头所表现的情感》《中学以上作文教学法》两
文。盖一为清华学校之文学的课外讲演，而一则演讲于东南大学者
也。尝谓："文章之大别为三：一记载之文。二论辨之文。三情感
之文。"其《论中国韵文里头所表现的情感》一文，所以治情感之
文。而《中学以上作文教学法》，则论记载之文与论辨之文者也。
其《论中国韵文里头所表现的情感》曰：

  韵文是有音节的文字；那范围从《三百篇》《楚辞》
起，连乐府、歌谣、古近体诗、填词、曲本乃至骈体文都
包在内，我这回所讲的，专注重表现情感的方法有多少种？
是希望诸君把我所讲的做基础，拿来和西洋文学做比较；
看看我们文学家表示情感的方法，缺乏的是那几种？先要
知道自己民族的短处去补救；才配说发挥民族的长处。这
是我讲演的深意，现在请入本题。

  向来写感情的，多半是以含蓄蕴藉为原则，像那弹琴
的弦外之音，像吃橄榄的那点回甘味儿，是我们中国文学
家所最乐道。但是有一类的情感，是要忽然奔迸一泻无余
的；我们可以给这类文学起一个名，叫做奔迸的表情法。
例如碰着意外的过度的刺激，大叫一声，或大哭一场，或

大跳一阵；在这种时候，含蓄蕴藉是一点用不着；凡这一类都是情感突变，一烧烧到白热度，便一毫不隐瞒，一毫不修饰，照那情感的原样子，迸裂到字句上。这种表现法，十有九是表悲痛；表别的情感，就不大好用。我勉强找，找得《牡丹亭·惊梦》里头："原来是姹紫嫣红开遍，似这般都付与断井颓垣！"这两句确是属于奔迸表情法这一类。他写情感忽然受了刺激，变换了一个方向，将那霎时间的新生命，迸现出来；真是能手！我意悲痛以外的情感，并不是不能用这种方式去表现。他的诀窍，只是当情感突变时，捉住他"心奥"的那一点，用强调写到最高度。那么，别的情感，何尝不可以如此呢？苏东坡《水调歌头》便是一个好例："明月几时有？把酒问青天。不知天上宫阙，今夕是何年？我欲乘风归去，又恐琼楼玉宇，高处不胜寒！"

这全是表现情感一种亢进的状态，忽然得着一个"超现世的"新生命，令我们读起来，不知不觉也跟着到他那新生命的领域去了。这种情感的表现法，西洋文学里头恐怕很多，我们中国却太少了！我希望今后的文学家努力从这方面开拓境界。

第二种叫做回荡的表情法，是一种极浓厚的情感蟠结在胸中，像春蚕抽丝一般，把他抽出来。这种表情法，看他专从热烈方面尽量发挥，和前一类正相同。所异者，前一类是直线式的表现；这一类是曲线式或多角式的表现。前一类所表的情感，是起在突变时候，性质极为单纯，容不得有别种情感搀杂在里头。这一类所表的情感，是有相当的时间经过；数种情感交错纠结起来，成为网形的性质。人类情感在这种状态之中者最多，所以文学上所表现，亦以这一类为最多。这种表情法，我们中国人也用得很精熟，能够尽态极妍。

现在讲第三种是含蓄蕴藉的表现法。这种表情法，向来批评家认为文学正宗，或者可以说是中华民族特性的最真表现。这种表情法，和前两种不同：前两种是热的，这种是温的；前两种是有光芒的炎焰，这种是拿灰盖着的炉炭。这种表情法，也可以分三类：

第一类是情感正在很强的时候，他却用有很节制的样子去表现他；不是用电气来震，却是用温泉来浸；令人在平淡之中，慢慢的领略出极渊永的情趣，他是把情感收敛到十足，微微发放点出来；藏着不发放的还有许多。但发放出来的，确是全部的灵影；所以神妙！这类作品，自然以《三百篇》为绝唱。

第二类的蕴藉表情法，不直写自己的情感，乃用环境或别人的情感烘托出来。这一类诗，我想给他一个名字，叫做"半写实派"。他所写的事实，是用来做烘出自己情感的手段，所以不算纯写实。他所写的事实，全用客观的态度观察出来，专从断片的表出全部，正是写实派所用技术，所以可算得半写实。

第三类的蕴藉表情法，索性把情感完全藏起不露，专写眼前实景（或是虚构之景）；把情感从实景上浮现出来。这种写法，《三百篇》中很少。北齐有一位名将斛律光，是不识字的，有一天，皇帝在殿上要各人做诗。他冲口做了一首，便成千古绝调，那诗是：

"敕勒川，阴山下，天似穹庐，笼盖田野。天苍苍，野茫茫，风吹草低见牛羊。"

这时是独自一个人骑匹马在万里平沙中所看见的宇宙，他并没说出有什么感想。我们读过去，觉得有一个粗豪沈郁的人格，活跳出来。须知这类诗，和单纯写景诗不同。写景诗以客观的景为重心，他的能事在体物入微，虽然景由人写，景中离不了情，到底是以景为主。这类诗以主观的情为重心，客观的景，不过借来做工具。

第四类的蕴藉表情法，虽然把情感本身照原样写出，却把所感的对象隐藏过去，另外拿一种事来做象征。这类方法，自起《楚辞》，篇中许多美人芳草，纯属代数上的符号，他意思别有所指。若不是当作代数符号看，那么，屈原到处调情，到处拈酸吃醋，岂不成了疯子？自《楚辞》开宗后，汉、魏五言诗，多含有这种色彩。中、晚唐时，诗的国土被盛唐大家占领殆尽，温飞卿、李义山、李长吉诸人，便想专从这里头辟新蹊径。这一派后来衍为西昆体，专务挦扯词藻，受人诟病。近来提倡白话诗的人，不消说是极端反对他了。但就唯美的眼光看来，自有他的价值。就如《义山集》中《碧城三首》的第一首：

"碧城十二曲阑干，犀辟尘埃玉辟寒。阆苑有书多附鹤，女墙无树不栖鸾。星沉海底当窗见，雨过河源隔座看。若使晓珠明又定，一生长对水晶盘。"

这些诗他讲的什么事，我理会不着。拆开一句一句的叫我解释，我连文义也解不出来。但我觉得他美，读起来令我精神上得一种新鲜的愉快。须知美是多方面的；美是含有神秘性的。我们若还承认美的价值，对于这种文学，是不容轻轻抹煞呵！

现在要附一段专论女性文学。近代文学写女性，大半以"多愁多病"为美人的模范。古代却不然。《诗经》所赞美的是"硕人其颀"，是"颜如舜华"。《楚辞》所赞美的是"美人既醉朱颜酡，娭光眇视目层波"。《汉赋》所赞美的是"精耀华烛，俯仰如神"，是"翩若惊鸿，矫若游龙"，凡这类形容词，都是以容态之艳丽，和体格之俊健合构而成；从未见以带着病的恹弱形态为美的。以病态为美，起于南朝，适足以证明女学界的病态。唐、宋以后的作家，都汲其流；说到美人，便离不了病，真是文学界一件耻辱！我盼望往后文学家描写女性，最要紧先把美人的康健恢复才好!

此启超论情感之文学也。论非情感之文学曰:

> 文章作用,和语言一样,都是要把自己的思想传达给人家。但是所谓思想,实具有两种条件:(一)有内容的,譬如令小儿为文,他胸中本来一无所有,强令执管,决不成文。又如考试的八股文章,和骈体的应酬文字,虽然成文,还是没有内容的;所以于文章上绝无价值。(二)有系统的。虽然有了种种思想,还须加以有条理的排列才好。否则如乱石一堆,不能成文。古人说:"言之有物",就是有内容;"言之有序",就是有系统。传达思想亦有两条件:(一)须适中。所言嫌多或嫌少,都不合。吾们做文章,须要言所欲言,不多不少;意尽则言止,到恰好的地位才兴。(二)须明晰。传达思想,须使人能明白。孔子云:"辞达而已矣!"可知辞贵乎"达意"。复加"而已"两字,可知"达意"之外,无事他求也!大凡做成功一篇文章,总须具备此四种条件才好!
>
> 至于做文章的功夫,可分做两步:(一)结构;(二)修辞。结构可以学而致,修辞则要在天才。同一意思,或说来索然无味,或说来妙趣环生,此全在天才。孟子云:"大匠能予人以规矩,不能使人巧。"我说:"教师能够

教人做文章的一个结构；未必能教人做文章修辞一定修得好。"但是文章有有结构而不好的，断乎没有无结构而能好的，我今天讲的就是怎样整理思想成一个结构。

结构也各种文章不同。文章种类，可以思想途径之不同而区分为两类：（一）将客观的事物取入以充吾思想之内容者，为客观的，属记述文。（二）以我之思想发出者，为主观的，属论辨文。然而人人不能不用功夫做客观之叙述，不必人人能做主观的论辨。因为主观的论辨须要自出主张；有识见，才有议论，这不是容易的。就是主观的论辨，也离不掉客观的事实做材料。倘使我们一切事物，见见闻闻，都像影戏一样闪过去就算；不能做客观的叙述功夫，那就要做主观的论证，也全没有把鼻，所以客观的叙述最要紧，也最有用。

客观的叙述可分两种：（一）记静态。（二）记动态。静态是一事物已经完全或比较的已成固定状态，或前后均有变动而中间一部已归静止。记静态，和绘画一样；一人形状，尽管前后无定，那绘画者，只取在一定之形状来画。又如山水风景，尽管气象万千，画的人只取在所呈之景象来画一样。举个例，就像一种书之提要是。动态是人、物、事的活动状况。记动态，系记人、物、事活动之过程；如留声机，各人曲调不同，而高下疾徐，皆能传出；又如电影，仅视其一片，不成形象；及统合演放，可成一完全戏剧；如传记及记事本末等皆是。大抵记述文，不外记静态与动态。或记静中之动，或记动中之静，或记静中之静，或记动中之动，皆不外静动两种。

静态有单纯的，有复杂的。如做一种书之提要，系单纯的；做几种书之提要，则为比较的复杂。又如记一山一河，为单纯的；记许多山、许多河，则为复杂。动态亦然；如一人在一时间有一种动作，为单纯的；记多数人在一时间有种种动作；或在不同时间为一种动作，为复杂的。文章难易之分，即在于是。记单纯者较易，记复杂者较难。惟无论记何种状态，精神须顾到两方面：（一）外表的。（二）内容的。如叙一种书共几篇几页，为外表的；而是书之要义在何处，则为内容的。又如作战记，孰胜孰败，为外表的；而其人之性格品行等，均能借以看出，为内容的。

作文有以简驭繁之法，即收空间与时间之关系而整理之。凡空间发生一事，或时间发生一事，均有不并容性；即在一时间发生之事，在空间必不相容；反之在空间发生之事，在时间亦必不相容。记静态以空间为主，时间为辅。记动态以时间为主，空间为辅。但无论记空间与时间，尤有一种原则，即不能单记平面；必须有一部甚详，一部较略，配搭成文；这就是所谓思想的整理。

此其大略也。（《中学以上作文教学法》并非据《改造》四卷九号刊载梁氏手定讲稿，乃录自《时事新报》通信中，以较简赅也。）

启超自欧游归，壹屏向者新民体之政论不为；而周游讲学，历任东南大学、清华研究院教授，时时为语体文之学术论著，以饷遗我国人。又欲创设国学院，其设计可得而陈者六事：第一、编审国学丛书。以一百种为一集，其目分学术思想，（以校理阐发先哲某家某派之学说为主，其译述外国书及自己创作皆不采。）文艺、（以诠述批评前代作家或作品为主，自己创作不采。）历史（一、各科专史，如中国文学史、中国音乐史之类，题目或总或分，或大或小，皆不拘。二、时代史，如有史以前史、春秋史、两汉史等。）地理、自然科学、（例如中国矿物学、中国生物学等。）社会现状等项。此丛书由本院拟定题目，聘请专家编著，或收已成之稿；其海外著作可采，或亦译登；每年最少出二十四种；除专聘所编外，其投著稿译稿者，或优给酬金，或受其版权，或量给奖励金，版权仍归作者。第二、编辑近代学术文编及国学海外文编。略师贺氏《经世文编》之例，广搜清初迄今学者专集及杂志中所发表凡研究国学有价值之文字，（专书不录。）分类编录，使学者可以尽见难得之资料，且省翻检之劳。此书以一年完成之。海外文编，则专译欧、美、日本研究中国学术事情之著者。第三、编制大辞书。一百科总辞书，二分科专门辞书。第四、校理古籍。凡古籍有不朽价值而较难读者，例如《六经》、诸子、四史、《通鉴》等，择出二三十种，精校简择，加圈点符号，补图表，冠以详核之解题，令青年学子人人能读，且引起兴味，拟于五年内将最重要的古籍校理完竣。

第五、续辑四库全书。搜辑四库未收书及乾、嘉以后名著，编定目录，撰述提要。第六、重编佛藏。精择各宗派代表之经论，删伪删复，再益以续藏中之主要论疏，约渤成三千卷，各书附以提要。造端宏大，以语掌邦教者，徒惊其言之河汉无涯而已。每自叙曰："启超学问欲极炽；其所嗜之种类亦繁杂。每治一业，则沈溺焉，集中精力，尽抛其他；历若干时日，移于他业，则又抛其前所治者。以集中精力故，故常有所得。以移时而抛故，故入焉而不深。尝有诗题其女令娴《艺术馆日记》云：'吾学病爱博，是用浅且芜！尤病在无恒，有获旋失诸。百凡可效我，此二无我如。'顾启超虽自知其病而改之不勇；中间又屡为无聊的政治活动所牵率，耗其精而荒其业。识者谓启超若能永远绝意政治，且裁敛其学问欲，专精于一二点，则于将来之思想界，当更有所贡献，否则亦适成清代思想史之结束人物而已。"可谓有自知之明者也。用以卒吾篇。其最近刊布著书，有《中国历史研究法》《先秦政治思想史》《清代学术概论》《梁任公近著》《梁任公学术演讲集》诸书，兹不具论；而著其涉于文学者。以一九二八年卒，年五十七。

二　逻辑文

　　自衡政操论者习为梁启超排比堆砌之新民体，读者既稍稍厌之矣！于斯时也，有异军突起，而痛刮磨湔洗，不与启超为同者，长沙章士钊也。大抵启超之文，辞气滂沛，而丰于情感。而士钊之作，则文理密察，而衷以逻辑。逻辑者，侯官严复译曰"名学"者也。惟士钊为人，达于西洋之逻辑，抒以中国之古文；绩溪胡适字之曰"欧化的古文"；而于是民国初元之论坛顿为改观焉。然中国言逻辑者，始于严复，而士钊逻辑古文之导前路于严复，犹之梁启超新民文体之开先河自康有为也；故叙章士钊者宜先严复，犹之叙梁启超者必溯康有为。然而康有为、梁启超之视严复、章士钊，其文章有不同而同者；籀其体气，要皆出于八股。八股之文，昉于宋、元之经义，盛于明、清之科举，朝廷以之取士者逾六百年。而其为之工者，无不严于立界，（犯上连下，例所不许。）巧于比类，（截搭钓渡。）化散为整，即同见异，通其层累曲折之致，其心境之显呈，心力之所待，与其间不可乱、不可缺之秩序，常于吾人不识不知之际，策德术心知以入慎思明辨之境涯，而不堕于卤莽灭裂。每见近人于语言精当，部分辨晰，与凡物之秩然有序者，皆曰合于逻辑矣；盖假欧学以为论衡之绳墨也。然就耳目所睹记，语言文章之工，合于逻辑者，无有逾于八股文者也。此论思之所以有神；而数百年来，吾祖若宗德术心智之所资以砥砺而不终萎枯也欤？迄于清末，而八股之文，随科举制以俱废；而流风余韵，犹时时不绝流露于作者字里行间。有袭八股排比之调，而肆之为纵横轶宕者；康有为、梁启超之新民文学也。有用八股偶比之格，而出之以文理密察者；严复、章士钊之逻辑文学也。论文之家，知本者鲜。独章炳麟与人论文，以为严复气体比于制举；而胡适论梁启超之文，亦称蜕自八股；斯不愧知言之士已！若论逻辑文学之有开必先，则不得不推严复为前茅；叙章士钊而先严复，庶几先河后海之义云！

严复

严复，原名宗光，字又陵，一字几道，福建侯官人也。早慧，师事同里黄宗彝，治经有家法，饫闻宋、元、明儒先学行。让清同治间，同县沈葆桢号知兵，以巡抚居忧在里，奉诏创船政，招试英髫，储海军将才；得复文，奇之，用冠其曹；则年十四也。五年卒业，分派扬武军舰为练习生。舰长为英人德勒塞，英之海军中校也；携之周历南洋黄海及日本各口岸。是时日本方筹办海军；扬武至，聚观者万人空巷。既而德勒塞归国，濒行，谓复曰："君之海军学术，已卒业矣！然学问一事，并不以卒业为终点，此后自行求学之日方长。君如不自足自封，则新知无尽。"复之所以终身尽瘁于学者，谓德勒塞启之云。光绪二年，派赴英国海军学校，肄战术及炮台建筑诸学。是时日本亦始遣人留学西洋，伊藤相、大隈伯之伦皆其选；而复试辄最上第。湘阴郭嵩焘以侍郎使英，时引与论析中西学同异，穷日夕不休。比学成归，葆桢已薨，无用之者。于是发愤治八比，冀以科第显；纳粟为监生，应南北乡试者再，侥得复失！而合肥李鸿章方总督直隶，领北洋大臣，器复之能，乃辟教授北洋水师学堂。复见朝野玩愒，而日本同学归者，既用事图强，径翦琉球，则大戚。常语人不三十年，藩属且尽，缫我如老牸牛耳。闻者弗省。鸿章亦嫌其危言激论，不之亲也！法越事裂；鸿章为德璀琳辈所绐，皇遽定约；甚言者摘发，疑忌及复。复亦愤而自疏。及鸿章大治海军，以复总办学堂；不预机要，奉职而已！甲午之战，海军燔于日，割地赔款，仅以无事！德宗大恨，锐欲变法，特诏遴人才。复被荐，以二十四年戊戌秋召对称旨；退上皇帝万言书，大略言："中国积弱，于今为极；此其所以然之故，由于内治者十之七，由于外患者十之三耳。而天下汹汹，若专以外患为急者，此所谓为目论者也。今日各国之势，与古之战国异。古之战国务兼并；而今之各国谨平权；此所以宋、卫、中山不存于七雄之世；而荷兰、瑞士、丹麦尚瓦全于英、法、德、俄之间。且百年以降，船械日新，军兴日费，量长较短，其各谋于攻守之术也亦日精，两军交绥，虽至强之国，无万全之算也；胜负或异，死丧皆多；且难端既构，累世相仇；是以各国重之。使中国一旦自强，与各国有以比权量力，则彼将隐销其侮夺觊觎之心，而所求于我者，不过通商之利而已；不必利我之土地人民也！惟中国之终于不振而无以自立，则以此五洲上腴之壤，无论何国得之，皆可以鞭笞天下，而平权相制之局坏矣！虑此之故，其势不能不争；其争不能不力。然则必中国自主之权失，而后全球杀机动也。虽然，彼各国岂乐于是哉？争存自保之道，势不得不然也！今夫外患之乘中国，古有之矣！然彼皆利中国之弱。而后可以得志。而今之各国，大约而言之，其用心初不若是；是故徒以外患而论，则今之为治，尚易于古叔季之时。夫易为而不能为，则其故由于内治之不修，积重而难反；而外患虽急，尚非吾国病本之所在也。其在内治云何？法既敝而不知变也。今日吾国之富强，民之智勇，无一事及外洋者；其所以然之故，所从来也远！大抵建国立群之道，一统无外之世，则以久安长治为要图；分民分土、，地丑德齐之时，则以富国强兵为切计；此不易之理也。顾富强之盛，必待民之智勇而后可几；而民之智勇，又必待有所争竞磨砻而后日进；此又不易之理也。欧洲国土，当我殷、周之间，希腊最盛，文物政治皆彬彬矣！希腊中衰，乃有罗马。罗马者，汉之所谓大秦者也，庶几一统矣；继而政理放纷，民俗抵冒，上下征利，背公营私。当此之时，峨特、日尔曼诸种起而乘之，盖自是欧洲散为十余国焉，各立君长，种族相矜，互相砥砺，以胜为荣，以负为辱。盖其所争，不仅军旅疆场之间而止；自农工商贾至于文词学问，一名一艺之微，莫不如此！此所以始于相忌，终以相成，日就月将，至于近今百年；其富强之效，遂有非余洲所可及者。虽曰人事，抑亦其地势之乖离破碎使之然也。至我中国则北起龙庭、天山，西缘葱岭、轮台之限，而东南界海，中间数万里之地，带山砺河，浑整绵亘，其地势利为合，而不利为分；故当先秦、魏、晋、六朝、五代之秋，虽暂为据乱，而其治终归于一统。统既一矣，于此之时，有王者起，为之内修纲维而齐以法制，外收藩属而优以羁縻，则所以御四夷而抚百姓，求所谓长治久安者，事已具矣！夫圣人之治理不同；而其求措天下于至安而不复危者，心一而已。圣人之意，以谓天下已治已安矣，吾为之弥纶至纤悉焉，俾后世子孙，谨守吾法，而有以相安养、相保持，永永乐利，不可复乱；则治道至于如是，是亦足矣！吾安所用富强为哉？是故其垂谟著诫，则尚率由而重改作，贵述古而薄谋新。其言理财也，则重本而抑末，务节流而不急开源；戒进取，敦止足，要在使民无冻饿，而有以制丰歉，供租税而已。其言武备也，则取诘奸宄，备非常，示安不忘危之义；外之无与为絜长度大之劲敌，则无事于日讲攻守之方，使之益精益密也；内之与民休息，去养兵、转饷之烦苛，则无由蓄大支之劲旅也。且圣人非不知智勇之民之可贵也，然以为无益于治安而或害吾治；由是凡其作民厉学之政，大抵皆去异尚同，而旌其纯良谨愿；所谓豪侠健果、重然诺、与立节概之风，则皆惩其末流而黜之矣！夫如是，数传之后，天下靡靡驯伏，易安而难危，乱民无由起，而圣人求所以措置天下之方，于是乎大得。此其意非必欲愚黔首、利天下、私子孙也；以为安民长久之道莫若此耳！盖使天下常为一统而无外，则由其道而上下相维，君子亲贤，小人乐利，长久无极，不复乱危；此其为甚休可愿之事，固远过于富强也！不幸为治之事，弊常伏于久安之中；而谋国之难，患常起于所防之外；此自前世而已然矣！而今日乃有西国者，天假以舟车之利，闯然而破中国数千年一统之局；且挟其千有余年所争竞磨砻而得之智勇富强以与吾相角；于是吾所谓长治久安者，有儳然不终日之势矣！今使中国之民，一如西国，则见国势倾危若此，方且相率自为，不必惊扰仓皇，而次第设施，自将有以救正，而数稔之间，吾国固已富已强矣！顾中国之民有所不能者，数千年道国明民之事，其处势操术，与西人绝异故也！夫民既不克自为，则其事非倡之于上，固不可矣！然所以成其如是者，率皆经数千载自然之势流衍而来，对待相生，牢不可破；故今日审势相时而思有所变革，则一行变甲，当先变乙，及思变乙，又宜变丙，由是以往，胶葛纷纭；设但支节为之，则不特徒劳无功，且所变不能久立。又况兴作多端，动糜财力，使其为而寡效，则积久必至不支，此亦事之至可虑者也。"所论通达治体，而出之以至诚悱恻；徒以其后言变法而推极论之，必先破把持之局。语为大臣所嫉，格不得上。而政局亦变，德宗被幽。后二年拳匪祸作。自是避地居上海者七年！

复既摈不用，则殚心著述，蕲于匡时拂俗。既于学无所不窥，举中外治术学理，靡不究极原委，抉其失得，证明而会通之；一治之以名学而推本于求诚。诚者非他，真实无妄之知是已。名学者，求诚之学也。顾其所重尤专在求；据已知以推未知，席既然以睹未然。其已知既然，为公例可也，为散著可也。名学所辩论，非所信者也；在据所征以为信。盖信一理一言者，必不徒信也，必有其所以信者；此所以信者，正名学所精考微验而不敢苟者也。顾吾国所谓学，告吾以所以信者则如何？自晚周、秦、汉以来，大经不离言词文字而已；求其仰观俯察，近取诸身，远取诸物，如西人所谓学于自然者，不多遘也！夫言词文字者，古人之言词文字也；乃专以是为学，故极其弊为支离，为逐末，既拘于墟而束于教矣；而课其所得，或求诸吾心而不必安，或放诸四海而必不准；如是者，转不若屏除耳目之用，收视反听，归而求诸方寸之中，辄恍然而有遇；此达摩所以有廓然无圣之言，朱子晚年所以恨盲废之不早，而王阳明居夷之后，亦专以先立乎其大者教人也！惟善为学者不然！学于言辞文字以收前人之所以得者矣；乃学于自然。自然者何？内之身心，外之事变，精察微验，而所得或超于向者言辞文字外也；则思想日精，而人群相为生养之乐利，乃由吾之新知而益备焉；此天演之所以进化，而世所以无退转之文明也！知者，人心之所同具也。理者，必物对待而后形焉者也。吾心之所觉，必证诸物之见象，而后得其符也。王阳明谓："吾心即理。"使六合旷然无一物以接于吾心；当此之时，心且不可见，安得所谓理者哉？此中国言明心见性，而不本之格物致知者之所以为修辞不立其诚也！然执是遂谓中国言词文字之所著者一切无当于学，则亦不可也！古书难读，中国为甚！英国名学家穆勒约翰有言："欲考一国之文字语言而能见其理极，非谙晓数国之言语文字者不能也！"岂徒言语文字之散著者而已？即至大义微言，古之人殚毕生之精力以从事于一学，当其有得，藏之一心则为理；动之口舌、著之简策则为词；固皆有其所以得此理之由，亦有其所以载焉以传之故。自后人之读古人之书，而未尝为古人之学；则于古人所得以为理者，已有切肤精忱之异矣！又况历时久远，简牍沿讹；声音代变，则通假难明；风俗殊尚，则事意参差；夫如是，则虽有故训疏义之勤，而于古人诏示来学之旨，愈益晦矣！故曰："读古书难！"虽然，彼所以托焉而传之理，固自若也。使其理诚精，其事诚信，则年代国俗无以隔之。其故不传于兹，或见于彼，事不相谋而各有合，考道之士，以其所得于彼者，反以证诸吾古人之所得，乃澄湛精莹，如寐初觉；其亲切有味，较之占毕为学者万万有加。而生今日者，乃转于西学得识古之用焉！此可与知者道，难与不知者言也。夫以西学识古，以实验治学，后来胡适倡新汉学者之所持以为揭帜；而实导之于复。复常以为中西二学，兼途并进，或者藉自它之耀，祛旧知之蔽！译有英哲赫胥黎《天演论》、斯密亚丹《原富》、耶方斯《名学浅说》、穆勒约翰《名学》《群己权界论》、斯宾塞尔《群学肄言》、甄克思《社会通诠》、法人孟德斯鸠《法意》诸书。凡译一书，与他书有异同者，辄旁考博证，列入后案，张皇幽眇，以补漏义；尤能以古文辞达奥旨，而不断断于字比句次之间。国人之言以古诗体译西诗者，自苏玄瑛；言以古文辞译小说者，自林纾；而言以古文辞译欧西政治、经济、哲学诸科，盖自复启其机镮焉！自以生平师事服膺者，厥惟桐城吴汝纶；每译一书，必以质正。汝纶既高文硕望，常以"晚周以来，诸子各自名家。其大要有集录之书，有自著之言。集录者，篇各为义，不相统贯；原于《诗》《书》者也。自著者，建立一干，枝叶扶疏，原于《易》《春秋》者也。汉之士争以撰著相高；其尤者，《太史公书》继《春秋》而作；扬子《太玄》，拟《易》而为之；是皆所谓一干而枝叶扶疏者也。及唐中叶，而韩退之氏出，源本《诗》《书》，一变而为集录之体；宋以来因之。是故汉氏多撰著之编；唐、宋多集录之文，其大略也。集录既多，而向之所谓撰著之体不复多见；间一见之，其文采不足以自发，知言者摈焉勿列也！独近世所传西人书，率皆一干而众枝，有合于汉氏之撰著。"又惜吾国之译言，大抵弇陋不文，不足传载其义！独推复博涉兼能，文章学问，奄有东西数万里之长；扬子云笔札之功，赵充国四夷之学，美具难并，钟于一手，求之往古，殆邈焉罕俦。复常虚心请益，而汝纶则自谦不通西文；顾亦时有独见！尝答书于复以论译西书曰：

来示谓新、旧二学，当并存具列，且将自它之耀，以祛蔽揭翳，最为卓识！某前书未能自达所见，语辄过当。

本意谓中国书猥杂，多不足行远；西学行，则学人日力夺去大半，益无暇浏览向时无足轻重之书；而姚选《古文》则万不能废，以此为学堂必用之书，当与六艺并传不朽也！若中学之精美者，固亦不止此等。往时曾太傅言："《六经》外有七书，能通其一，即为成学。七者兼通，则间气所钟，不数数见也。"七书者，《史记》《汉书》《庄子》《韩文》《文选》《说文》《通鉴》也。某于七书皆未致力，又欲妄增二书，其一姚公此书，余则曾公《十八家诗钞》也。但此诸书，必高材秀杰之士，乃能治之。若资性平钝，虽无西学，亦未能追其途辙。独姚选《古文》，即西学堂中亦不能弃去不习，不习则中学绝矣！世人乃欲编造俚文以便初学；此废弃中学之渐，某所私忧而大恐者也！区区妄见，敬以奉质。别纸垂询数事，某浅学不足仰副明问，谨率陈臆说，用备采择：欧美文字与我国绝殊；译之，似宜别创体制，如六朝人之译佛书，其体全是特创；今不但不宜袭中文，并不宜袭用佛书。窃谓以执事雄笔，必可自我作古。又妄意，彼书固自有体制，或易其辞而仍其体，似亦可也。不通西文，不敢意定，独中国诸书无可仿效耳。来示谓"行文欲求尔雅，有不可阑入之字，改窜则失真，因任则伤洁"，此诚难事。鄙意与其伤洁，毋宁失真。凡琐屑不足道之事，不记何伤？若名之为文，俚俗鄙浅，荐绅所不道。此则昔之知言者，无不愚为戒律，曾氏所谓"辞气远鄙"也！文固有化俗为雅之一法，如左氏之言"马矢"，庄生之言"矢溺"，公羊之言"登来"，太史之言"夥颐"，在当时固皆以俚语为文，而不失为雅。若《范书》所载"铁胫尤来""大枪""五楼""五蟠"等名目，窃料太史公执笔，必皆芟薙不书。不然，胜、广、项氏时，必多有俚鄙不经之事，何以《史记》中绝不一见？如今时"雅片馆"等比，自难入文，削之自不为过；倘令为林文忠作传，则烧雅片一事，固当大书特书；但必叙明原委，如史公之记《平准》，班氏之叙《盐铁论》耳；亦非一切割弃，至失事实也。姚郎中所选文，似难为继；独曾文正《经史杂钞》能自立一帜；王、黎所续，似皆未善。国朝文字，姚春木所选《国朝文录》，较胜于《二十四家》。然文章之事，代不数人，人不数篇。若欲备一朝掌故，如《文粹》《文鉴》之类，则世盖多有！若谓足与文章之事，则姚郎中之后，止梅伯言、曾太傅及近日武昌张廉卿数人而已！其余盖皆自邻也。来示谓"欧洲国史，似中国所谓'长编''纪事本末'等比"。然则欲译其书，即用曾太傅所称《叙记》《典志》二门，似为得体。此二类，曾云"于姚郎中所定诸类外，特建新类"；非大手笔不易办也。欧洲记述名人，失之过详；此宜以迁、固史法裁之。文无剪裁，专以求尽为务，此非行远所宜。中国间有此体，其最著者，则孟坚所为《王莽传》；若《穆天子》《飞燕》《太真》等传，则小说家言，不足法也。《欧史》用韵，今亦以韵译之，似无不可，独雅词为难耳。中国用韵之文，退之为极诣矣。私见如此，未审有当否？

复致服其言，常语人曰："不佞往者每译脱稿，辄以示桐城吴先生；老眼无花，一读即窥深处；盖不徒斧落徽引，受裨益于文字间也。故书成必求其读，读已必求其序。"已而汝纶卒；复感伤不已，集玉溪、剑南诗句为挽曰："平生风义兼师友，天下英雄惟使君！"每言："吾国人中，旧学淹贯，而不鄙夷新知者，吴先生一人而已！"初复之译书最先出者，赫胥黎《天演论》。汝纶读，叹绝曰："自中土翻译西书以来，无此鸿制；匪直天演之学，在中国为初凿鸿濛；亦缘自来译手无似此高文雄笔也。顾蒙意尚有不能尽无私疑者：以谓执事若自为一书，则可纵意驰骋；若以译赫氏之书为名，则篇中所引古书古事，皆宜以原书所称西方者为当，似不必改用中国人语。以中事中人，固非赫氏所及知！法宜如晋、宋名流所译佛书，与中儒著述，显分体制，似为入式！"顾复自以志在达旨，不尽从也。定为《译例》三事：

一译事三难：信、达、雅。求其信，已大难矣！顾信矣不达，虽译犹不译也，则达尚焉！海通以来，象寄之才，随地多有；而任取一书，责其能与于斯二者，则已寡矣！

其故在浅尝，一也；偏至，二也；辨之者少，三也。今是书所言，本五十年来西人新得之学，又为晚出之书。译文取明深义，故词句之间，时有所颠倒附益，不斤斤于字比句次，而意义则不倍本文，题曰"达旨"，不云"笔译"；取便发挥，实非正法。什法师有云"学我者病"，来者方多，幸勿以是书为口实也。

一西文句中，名物字多，随举随释，如中文之旁支，后乃遥接前文，足意成句。故西文句法，少者二三字，多者数十百言。假令仿此为译，则恐必不可通；而删削取径，又恐意义有漏。此在译者将全文神理融会于心，则下笔抒词，自然互备。至原文词理本深，难于共喻，则当前后引衬以显其意。凡此经营，皆以为达，即所以为信也。

一《易》曰："修辞立诚。"子曰："辞达而已。"又曰："言之无文，行之不远。"三者乃文章正轨，亦即为译事楷模；故信达而外，求其尔雅。此不仅期以行远已耳；实则精理微言，用汉以前字法句法则为达易。用近世利俗文字，则求达难。往往抑义就词，毫厘千里。审择于斯二者之间，夫固有所不得已也！岂钓奇哉！不佞此译，颇贻艰深文陋之讥；实则刻意求显，不过如是。又原书论说，多本名数格致及一切畴人之学；倜于之数者向未问津，虽作者同国之人，言语相通，仍多未喻。矧夫出以重译也耶？

它所译大率似此。大抵不背于汝纶所称"与其伤洁，毋宁失真"而已。顾复自言："《原富》之译，与《天演论》不同。下笔之顷，虽于全节文理，不能不融会贯通为之；然于辞义之间无所颠倒附益，独于首部篇十一《释租》之后，原书旁论四百年以来银市腾跌，文多繁赘，而无关宏旨；则概括要义译之。"又言："穆勒约翰《群己权界论》，原书文理颇深，意繁句重。若依文作译，必至难索解人；故不得不略为颠倒。此以中文译西书定法也。"质言之，曰"译意"而已；故不断断于字比句次之间也。虽至名义亦然。顾谨于造辞，矜慎不苟，自谓："一名之立，旬月踟蹰。"译赫胥黎《天演论》曰："新理踵出，名目纷繁。索之中文，渺不可得；即有牵合，终嫌参差。译者遇此，独有自具衡量，即义定名。顾其事有甚难者。即于此书上卷《导言》十余篇，乃因正论理深，先敷浅说；仆始翻'卮言'，而钱唐夏穗卿（曾佑）病其滥恶，谓：'内典原有此种，可名悬谈。'及桐城吴丈挚父（汝纶）见之，又谓：'卮言既成滥词，悬谈亦沿释氏，均非能树立者所为，不如用诸子旧例，随篇标目为佳！'穗卿又谓：'如此则篇自为文，于原书建立一本之义稍晦。'而'悬谈''悬疏'诸名，'悬'者系也，乃会撮精旨之言，与此不合，必不可用。于是乃依其原目，质译'导言'；而分注吴之篇目于下，取便阅者。此以见定名之难；欲避生吞活剥之诮，有不可得者矣。他如'物竞''天择''储能''效实'诸名，皆由我始。"译斯密亚丹《原富》曰："'计学'西名叶科诺密；'叶科'此言'家'，'诺密'为聂摩之转，此言‘治’、言‘计’；则其义始于治家，引而申之，为凡料量、经纪、撙节、出纳之事；扩而充之，为邦国天下生食为用之经。盖其训之所包至众，故日本译之以‘经济’，中国译之以‘理财’。顾必求吻合，则经济既嫌太廓，而理财又嫌过陋。自我作古，乃以‘计学’当之；虽计之为义，不止于地官之所掌，平准之所书；然考往籍‘会计’‘计相’‘计偕’诸语，与常俗‘国计’‘家计’之称，似与希腊之聂摩，较为有合！故《原富》者，‘计学’之书也。然则何不径称‘计学’而名‘原富’？曰：‘从斯密氏之所自名也。’且其书体例，亦与后人所撰计学，稍有不同：达用多于明体，一也。匡谬急于讲学，二也。其中所论，如部丙之篇二、篇三，部戊之篇五，皆旁罗之言，于计学所涉者寡，尤不得以科学家言例之。云原富者，所以察究财利之性情，贫富之因果，著国财所由出云尔！故《原富》者，计学之书，而非讲计学者之正法也。计学于科学为内籀之属。内籀者，观化察变，见其会通，立为公例者也；如斯密、理嘉图、穆勒父子之所论者，皆属此类。然至近世，如耶方斯、马夏律诸书则渐入外籀，为微积曲线之可推，而其理乃益密。此二百年来计学之大进步也。计学以近代为精密；乃不佞独有取于是书，而以为先事者：盖温故知新之义，一也。其中所指斥当轴之迷谬，多吾国言财政者之所同然，所谓从其后而鞭之，二也。其书于欧、亚二洲始通之情势，英、法诸国旧日所用之典章，多所纂引，足资考镜，三也。标一公理，则必有事实为之证喻；不若他书勃窣理窟，洁净精微，不便浅学，四也。”译穆勒约翰《名学》曰："'逻辑'此翻'名学'。其名义始于希腊，为'逻各斯'一根之转。'逻各斯'一名兼二义；在心之意，出口之词，皆以此名；引而申之，则为论为学；故今日泰西诸学，其西名多以'罗支'结响，'罗支'即逻辑也；如'斐洛罗支'之为字学，'唆休罗支'之为群学，'什可罗支'之为心学，'拜诃罗支'之为生学，是已，精而微之，则吾生最贵之一物，亦名'逻各斯'；此如佛氏所举之'阿德门'，基督教所称之'灵魂'，老子所谓'道'，孟子所谓'性'，皆此物也，故'逻各斯'名义最奥衍，而本学之所称为'逻辑'者，以如贝根言，是学为一切法之法，一切学之学；明其为体之尊，为用之广，则变'逻各斯'为'逻辑'以名之，学者可以知其学之精深广大矣！'逻辑'最初译本，为固陋所及见者，有明季之《名理探》，乃李之藻所译；近日税务司译有《辨学启蒙》。曰'探'曰'辨'，皆不足与本学之深广相副；必求其近，姑以'名学'译之，盖中文惟'名'字所函，其奥衍精博，与'逻各斯'字差相若；而学问思辨，皆所以求诚；正名之事不得舍其全而用其偏也。"译穆勒约翰《群己权界论》曰："或谓旧翻'自繇'之西文'里勃而特'，当翻'公道'；犹云事事公道而已；此其说误也！谨按'里勃而特'，原古文'里勃而达'，乃自由之神号，其字与常用之'伏利当'者同义；'伏利当'者，无挂碍也，又与'奴隶''臣服''约束''必须'等字为对义。'公道'西文自有专字曰'札思直斯'，二者义虽相涉，然必不可混而一之也。中文'自繇'，常含放诞、恣睢、无忌惮诸劣义；然自是后起附属之话，与初义无涉！初义但云不为外物拘牵而已；无胜义，亦无劣义也。夫人而自繇，固不必须以为恶；即欲为善，亦须自繇。其字义训，本为最宽。'自繇'者，凡所欲为，理无不可；此如有人独居世外；其自繇界域，岂有限制？为善为恶，一切皆自本身起义，谁复禁之？但自入群而后，我自繇者，人亦自繇；使无限制约束，便入强权世界而相冲突。故曰：'人得自繇，而必以他人之自繇为界。'此则《大学》絜矩之道，君子所恃以平天下者矣！穆勒此书，即为人分别何者必宜自繇，何者不可自繇也。斯宾塞《伦理学·说公》一篇，言：'人道所以必得自繇者，盖不自繇，则善恶功罪皆非己出，而仅有幸不幸可言，而民德亦无由演进，故惟与以自繇而天择为用，斯郅治有必成之一日。'佛言：'一切众生，皆转于物；若能转物，即同如来。' 能转物者，真自繇也。是以西哲又谓：'真实完全自繇，形气中本无此物，惟上帝真神，乃能享之！禽兽下生，驱于形气，一切不由自主，则无自繇而皆束缚。独人道介于天物之间，有自繇，亦有束缚。治化天演，程度愈高，其所得以自繇自主之事愈多。'由此可知'自繇'之乐，惟自治力大者为能享之；而气禀嗜欲之中，所以缠缚驱迫者，方至众也！卢梭《民约》其开宗明义，谓'斯民生而自繇'，此语大为后贤所呵！亦谓初生小儿，法同禽兽，生死饥饱，权非己操，断断乎不得以自繇论也。名义一经俗用，久辄失真。如老氏之'自然'，盖谓世间一切事物，皆有待而然；惟最初众父，无待而然；以其无待，故称'自然'，惟'造

化'‘真宰'‘无极'‘太极'为能当之；乃今俗义，凡顺成者
皆‘自然'矣！又如释氏之‘自在'，乃言世间一切六如变幻起
灭；独有一物，不增不减，不生不灭；以其长存，故称‘自在'。
惟力质本体，恒住真因，乃有此德。乃今欲取涅槃极乐引伸之义，
而凡安闲逸乐者皆‘自在'矣！则何怪‘自繇'之义，始不过谓自
主而无以挂碍者；乃今为放肆，为淫佚，为不法，为无礼；一及其
名，恶义坌集；而为主其说者之诟病乎？穆勒此篇所释名义，只如
其初而止，柳子厚诗云：‘破额山前碧血流，骚人遥住木兰舟。
东风无限潇湘意，欲采蘋花不自由！'所谓‘自由'，正此义也。
‘由'‘繇'二字，古相通假。今此译皆作‘自繇'字，不作‘自
由'者，非以为古也，盖其字依西文规例，本一系名，非虚乃实；
写为‘自繇'，欲略示区别而已。"凡此之类，皆几经籀讨，而后
定一名，下一义。学者称之曰"侯官严先生"。自是士大夫多领向
西人学说。而复则以为"自由""平等""权利"诸说，由之未尝
无利；脱靡所折衷，则流荡放佚，害且不可胜言，其究必有受其弊
者！独居深念，尝谓近者吾国以世变之殷，凡吾民前者所造因，皆
将于此食其报。而浅谲剽疾之士，不悟其所从来如是之大且久也！
辄攘臂疾走，谓以旦暮之更张，将可以与胜我抗也！不能得，又搪
撞号呼，欲率一世之人，与盲进以为破坏之事！顾破坏矣，而所建
设者，又未必其果有合也；则何如稍审重而先咨于学之为犹愈也。
每于广众中陈之，急言急论。顾闻者不以为意，辄谓复之过计也。
以光绪三十一年，因事赴伦敦，孙文适在英，闻复之至，造访焉。

复乃为痛陈中国民品之劣，民智之卑，即有改革，害之除于甲者，将见于乙；泯于丙者，将发于丁。如不从教育下手，更新何日。文曰："俟河之清，人寿几何？君思想家，我乃实行家也。"遂不复见云。

复既以海军积劳叙副将矣！尽弃去，入赀为同知，洊擢道员。宣统元年，海军部立，特授协统。寻赐文科进士出身。其乡人郑孝胥调以二诗。其一曰："严侯本武人，科举偶所慕。弃官更纳粟，被刖尝至屡。平生等身书，弦诵遍行路。晚邀进士赐，食报一何暮。回思丙丁间，春闱我犹赴；都门有文会，子作必寄附；传观比尤王，一读舌俱吐。谁知厄场屋，同辈空交誉。天倾地维绝，万事逐烟雾。八股竟先亡，当时殊不悟。寒窗抱卷客，亿兆有余诅。吾侪老更黠，检点夸戏具。烦君发庄论。习气端如故！"其二曰："左侯（左宗棠）居军中，叹息谓欧斋，（林寿图以进士出身，官陕西布政使。时左官陕甘总督也。）'屈指友朋间，才第有等差。进士胜翰林，举人又过之。我不得进士，胜君或庶几。'欧斋奋然答：'霞山（刘蓉以诸生从戎，累官陕西巡抚。）语益奇。举人何足道，卓绝惟秀才！'言次辄捧腹，季高怒竖眉。观君评制艺，折肱信良医。少年求进士，得之特稍迟。风味如甘蔗，倒嚼境渐佳。何可遽骄满，持将傲吾侪！不榖虽不德，自知背时宜。三十罢应试，庚寅直至斯。誓抱季高说，不顾欧斋嗤。君诗貌烦冤，内喜堪雪悲。官里行皆促，老苍仗头皮。八股纵已亡。身受伏余威。知君不忘故，得意还见思。"亦以证复曩昔之治八股者劬耳！旋充学部名词馆编纂。其后章士钊董理其稿，草率敷衍，乃弥可惊！叹复藉馆觅食，未抛心力为之也。旋以硕学通儒征为资政院议员。三年，授海军部一等参谋官。

袁世凯与复本雅故；其督直隶，招复不至，以为恨！既罢政，诋者蜂起。复独抗言折之，谓："世凯之才，一时无两。"则又感复！及被举为临时大总统，遂聘复长京师大学堂，充公府顾问，参政院参政及宪法起草委员。复恒昌言："国人识度不适于共和。"又言："自由平等者，法律之所据以为施，而非云民质之本如此也！夫言自由而日趋于放恣，言平等而在在反于事实之发生；此真无益，而智者之所不事也！大抵治权之施，见诸事实；故明者著论，必以历史之所发见者为之本基；其间籀取公例，则必用内籀归纳之术而后可存。若夫向壁虚造，用前有、假如之术，立为原则，演绎之；及其终事，罔不生心害政。卢梭之《民约论》出，以自由平等为天下号，适会时世，民乐畔古；而卢梭文辞又偏悍发扬，语辨而意泽，能使听者入其玄而不自知。顾所谓'民居之而常自由常平等'者，卢梭亦自言其为历史之所无矣！夫指一社会，考诸前而无有，求诸后而不能，则安用此华胥、乌托邦之政论而毒天下乎？况今吾国人之所急者，非自由也，而在人人减损自由，而以利国善群为职志。至于'平等'，本法律而言之，诚为平国要素，而见于出占投票之时；然须知国有疑问，以多数定其从违，要亦出于法之不得已；福利与否，必视公民之程度为何如。往往一众之专横，其危险压制，更甚于独夫，而亦未必遂为专者之利。是以其书名为救世；于穷檐编户，妪煦燠咻；而其实则惨刻少恩，恣睢暴戾。"乃著《民约平议》一文，其说本之英哲家赫胥黎。而戴袁世凯者，利复有言，又以复雄文高名，欲资之以称帝。始发其谋者杨度。宪法顾问美博士古德诺氏《共和与君主论》既发表之第三日，杨度访复于西城旧刑部街之居，侈陈其比来博塞之利；谓"数日前，挟二千金之天津，访所眷某姬，约友作雀戏，以千元作底，加旺子百元，和与翻无限制；会吾轮庄牌，作饼子清一色，案上碰出八九饼；手中一饼三枚，二五饼对碰等和；旁家发一饼，以常情论，吾无开杠理。顾吾欲藉以卜吾运之亨塞，乃举手中牌七枚，翻以示人曰：'吾既杠一饼，已无异自宣吾蕴，尚何秘为？苟吾运果佳者，所需二五饼，终当摸索自得之；天缘凑巧，或且杠上开花矣！'不意翻取诸杠头之牌视之，果为二饼；遂以一色全对成和，作五翻计算，合旺子之数，一次所赢，已逾万金也！吾以是知吾运已入亨通之境；意有所图，必当如愿。近谋组织一公司，朋辈争相附股，群思托荫于吾，冀有所膏润"云。复闻度言之津津，若有至味，颇不识何所取意。

次日，度复相过，问："见古德诺《君主论》乎？"曰："见之。"问："公视今日政治，何如前清？共和果足以使中国臻于富强兴盛乎？"复喟尔而言曰："此一时殊未易答。辛亥改革之顷，清室曾颁布宪法信条十九，誓以勿渝。仆于其时主张定虚君之制，使如吾言，清室怵于王统之垂绝幸续，十九信条必将守之惟谨，不敢或背，而君臣之义未全堕地，内外百官犹有所慑。国事之坏，当不至如今日之甚！或得如英国国君端拱无为而臻于上理，未可知也？"度曰："惟然；我将与同志诸人组合一会，名曰筹安，专就吾国是否宜于共和，抑宜于君主，为学理之研究。古德诺引其端，吾等将竟其绪。国中士庶，向惟公之马首是瞻。请公为发起人，可乎？"复瞿然作色曰："适吾所云，不过追维既往，聊备一说。国经改革，原非一蹴可期其大治。君主之制，所赖以维系者，厥惟人君之威严。今日人君威严，既成覆水；贸然复旧，徒益乱耳！仆持重人所共知，居恒每谓国家革故鼎新，为之太骤；元气之损，往往非数十百年不易复。故世俗所谓革命，无问其意在更民主抑君主，凡卒然尽覆已然之局者，皆为仆所不取！国家大事，宁如弈棋，一误岂容再误？吾国之宜有君而舆尸征凶，此虽三尺童子知之！而所难者，孰为之君？此在今日，虽为圣者，莫知适从！鄙意诚所重惮！"度应之曰："而公曾不闻之乎？德皇威廉一再语梁崧生公使、袁芸台公子：（梁士诒、袁克定。）'中国非君主不治；长此不更，为害必且累及世界。'其言诚洞中肯綮。以公之明，讵尚见不到此？且吾辈但事研究，可耳。至君主应否规复之议一决，吾辈之责任已毕。若夫实施，别有措置。尔时水到渠成，尚何重惮之有？"复又曰："若然，则欲君主，便君主可耳！自古觊觎大位者，一惟势力是视；何尝有待于研究哉？"度乃以大义相劫，正色告曰："政治之弛张，不本之学术；于理未融，即于情不顺。公宿学雅望，士林瞻仰；既知共和国体之无补于救亡，即不宜苟安听其流变！"复意不能无动，乃曰："筹安会，足下必欲成之；仆入会为会员，贡一得之愚，固未尝不可。特以研究相号召，度不能强人主张以必同也！"度乃起告别，寻语曰："日者相者俱判吾鹏程万里，行且将扶摇上青天。吾不已告公博塞之微，其通亨且若彼；公果降心相从，何鳃鳃虑天阙也？”复至是始悟昨之侈言博塞，意在以讽喻，为今日游说张本耳！

明日，度具柬邀复晚餐，柬叙同座，则孙毓筠、刘师培、李燮和、胡瑛姓名赫然在焉！皆度所要给以发起筹安会者也！复既以疾辞。至晚宴散，度复相过。复固辞不见。度怏怏去。夜逾半，度忽遣使以一书相诒，谓：“筹安会事，实告公，盖承极峰旨。极峰谕非得公为发起人不可。固辞恐不便。事机稍纵即逝。发起启事，明日必见报。公达人，何可深拒？已代公署名，不及待复示矣。”缄尾并缀“阅后付火”四字。复得书，仓卒不知所为。明日筹安会启事出；而复列名发起人第三。阍者启：“门首晨出，即有壮士二人荷枪鹄立；询之，则谓长官恐匪党或相扰，遣来警卫也。”于是复杜门不出；筹安会召议事，辄称疾谢之；直至筹安会解散，未尝一莅石驸马街，望筹安会之门。

及梁启超有异议，其论一出，风动海内。而世凯谋所以折其议者，乃以为非复莫属！署券四万金，令内史夏寿田持以谒复，请为文以难启超。复却其币，告寿田曰：“吾苟能为，固分所应尔。若以货取，其何以昭信天下？非主座见命之意也。容吾徐图之以报命。”寿田唯唯退。而复得要胁之书，无虑二十通，或讽以利害，或胁以刺杀，或责其义不容辞，而诡称天下属望。所署姓字真伪不得知，要皆谓复非有以折启超而关其口不可。复筹虑数日，乃诣寿田，举所得诸函示之曰：“梁氏之议，吾诚有以驳之。惟吾思主座命为文，所祈以祛天下之惑而有裨于事耳！闽中谚云：'有当任妪言之时。有姑当自言之时。'时势至今，正当任妪言之。吾虽不过列名顾问，要为政府中人，言出吾口，纵极粲花之能事，人方视之为姑所自言；非惟不足以祛天下之惑，或转为人藉口。吾以是踌躇不轻落笔，非不肯为也。为之而有裨于事，吾宁不为哉？至于外间以生死相恫吓，殊非吾所介意。吾年逾六十，病患相迫，甘求解脱而不得；果能死我，我且百拜之矣！"寿田以白世凯。世凯知其意不可夺，驳梁启超之文乃改命孙毓筠为之。是故名与筹安发起之列者六人；世谓之"筹安六君子"，语含讽嘲。余五人皆有美新之作，劝进之文，而杨度《君宪救国论》，最传诵人口。独复学问文章，冠绝后辈，未尝有只字著论；而语于人曰："大总统宣誓就职之后，以法律言，于约法有必守之义务。不独自变君主不可训，且宜反抗余人之为变。堂堂正正，则必俟通国民之要求。顾民意之于吾国，乃至难出现之一物；使不如是。则共和最高国体，亦无所云不宜者矣。"徒以名高为累，遂为世凯所浼！英人多辣司氏谓其友曰："世凯苟具卓荦之识，积学如严先生辈，正不应牵令入政治漩涡，摧毁国之精英。然未尝以不如己意而杀其身；贤于贵国古代奸雄远矣。"

　　世凯既失志以死。而黎元洪代为总统，知复之不与谋也，故缉治筹安肇首，复不与焉。顾明令未颁之先，颇有传复不为元洪所谅者。林纾至泣涕以迫复宵遁。复慨然曰："吾俯仰无愧怍，虽被刑，无累于吾神明；庸何伤！"夷然处之。然千夫所指，清望顿减矣！顾复通知古今，善于觇国；既感时惊心，有所切论；知之者以为警世之危言，不知者以为逊朝之殷顽也！然谈言微中，不为苟同，足以资监观裨国是者，不鲜焉。

方袁世凯之为大总统也，国人震其威名，以为可遗大投艰。而复则殊不谓然！曰："中国之弱，其原因不止一端；顾其大患，在上习凡猥，而上无循名责实之政。齐之强以管仲，秦之起以商鞅，其他若申不害、赵奢、李悝、吴起，降而诸葛武侯、王景略，唐之姚崇，明之张太岳，凡为强效，大抵皆任法者也！吾国人学术既不发达，而于公中之财，人人皆有巧偷豪夺之私，如是而增国民负担，谁复甘之！草衣木食，潜谋革命，则痛哭流涕，訾政府为穷凶极恶！一旦窃柄自雄，则舍声色货利，别无所营；平日爱国主义，不知何往。以如是之国民，虽为强者奴隶，岂不幸哉！是故居今而言救亡，惟申韩庶可用。除却综名核实，岂有他途可行！试观历史，无论中外古今，其稍获强效者，何一非任法者耶？项城固一时之桀，顾吾所心憾不足者，无科学知识，无世界眼光；又过欲以人从己，不欲以己从人；一切用人行政，未能任法而不任情也。望其转移风俗，奠固邦基；呜呼！非其选尔！顾居今之日，平情而论，于新旧两派之中，求当元首之任而胜项城者谁乎？此国事之所以重可叹也！财匮民穷，不为根本救济之法，方戚戚以断炊破产为忧；刻意聚敛，以养君为最急之事，尚何能为民治生计乎？教育强国根本，而革命以后，此论久不闻矣。"

及世凯之败也，国人怒其稔恶，又以亟去之为快。而复意又不然，曰："项城此时去，则天下必乱，而必至于覆亡。德人有言：'祖国无上；为此者，一切无形有形之物，皆可牺牲。'复之不劝项城退位，非有爱于项城也；无他，所重在国故耳。夫项城非不可去，然必先为其可以去。苏明允谓：'管仲未尝为其可以死，其于国为不忠。'使项城而稍有天良，则前事既差，而此时为一国计，为万民计，必不可去。而他日既为可去之后，又万万不可以留。盖使项城今日而去，则前者既为不义，而今日又为其不仁！使项城他日而留，则前者既为其寡廉，而他日又为其鲜耻，故曰'今日必不可去，他日必不可留'也。历观各报，函电旁午，壹以迫项城退位为宗。顾退位矣，而用何道出之，使神州中国得以瓦全？则又毫无办法。故复常谓中国党人，无论帝制、共和两派，蜂起愤争；而迹其行事，诛其居心，要皆以国为戏以售其权利愤好之私，而为旁睨胠箧之傀儡。以云爱国，迈乎远矣！夫中国自前清之帝制而革命，革命而共和，共和而一人政治，一人政治而帝制复萌，谁实谓之，至于此极！彼项城固不得为无罪；而所以使项城日趋于专，驯至握此大权者，夫非辛壬党人、参众两院之捣乱，靡所不为，致国民寒心，以为宁设强硬中央，驱除洪猛，而后元元至息肩喘喙之地故耶？不幸项城不悟，以为天下戴己，遂占亢龙，遽取大物；一着既差，威信扫地。呜呼！亦可谓大哀也已！然所谓帝制违誓种种，特反对者所执之词；而项城之失人心，一败至于不可收拾者，固别有在，非帝制也！盖项城之失败众矣；而最制其死命者，莫如财政；项城之败著夥矣，而莫厉于暗杀。项城自柄政以还，于中交两行，其亏负显然可指者过四千万！而黯昧通挪，经梁士诒、叶恭绰为之腾攫者，尚过此数。

不得已，梁士诒倡停止付现之院令，盖以逢项城之意，欲取中国银行预备金以为济急之计。乃京、汉而外，举不奉令；则事已全反其所期，而徒为益深益热之败著。呜呼！吾曹终日忧叹，为国怀破产之惧；而项城则长作乐观，泥沙挥霍；小人逢长，因而啜叶促訾，是其败宜久矣！就职五年，民不见德；不幸又值欧战发生，工商交困，百货菶腾，而国用日烦；一切赋税，有加无减。社会侈靡成风，人怀非望。此即平世，已不易为！乃国体适于此时议变更，遂为群矢之的。且项城自辛亥出山以来，得以首出庶物者，无他，旧握兵权而羽翼为尽死力故也。生性好用诡谋以锄异己。往者勿论！乃革命军动，再行出山，至今若吴禄贞、若宋教仁、若赵秉钧、若应桂馨，最后若郑汝成、若张思仁、若黄远庸，海宇哗然，皆以为项城主之。夫杀吴、宋，虽公孙子阳而外之所不为；然犹可为说。至于赵秉钧、郑汝成，皆平日所谓心腹股肱，徒以泄秘密之口，忍于出此，又况段祺瑞以不同意称帝，杜门不动，数见危机。人间口语，怪怪奇奇，则群下几何其不解体乎？夫求之财政则如彼；察之人心又如此；虽以魏武、刘裕当之，殆难为力；矧非其伦！而自就职以来，于中国根本问题，毫末无所措注。即以治标而论，军旅素所自许，而悍兵骄将，军实战械，皆未闻有统一之规。徒以因缘际会，群龙无首，为众所推，遂亦予圣自雄，以为无两。而以参众两院捣乱之太过，于是救时之士，亦谓中国欲治，非强有力之中央政府不可。新修约法，于法理本属无当；而反对者少。无他，冀少获救国之效已耳。而谁谓转厚项城之毒乎？筹安会之起，私衷本不赞同。然丈夫行事，既不能当机决绝，登报自明；则今日受责，即亦无以自解。惟于此日取消帝制之后，而欲使我劝项城退位，则又万万不能。"

袁世凯既殂，而黎元洪代起为大总统；国人推长者，谓其可息世嚣、夷大难！而复意又不然；曰："遍读中西历史，小人固覆邦家，而君子亦未尝不失败。大抵政治一道，如御舟然，如用兵然；履风涛、冒锋镝，各具手眼，以济以胜为期；能济能胜而后为群众所托命。道德之于国君，譬之如财政家之信用，非是固不可行；然而乃其一节，而非其全能也。黎公道德，天下所信！然救国图存，断非如此道德所能有效。何则？以柔暗故。遍读中西历史，以谓天下最危险者，无过良善暗懦人，下为一家之长，将不足以庇其家；出为一国之长，必不足以保其国。古之以暴戾豪纵亡国者，桀纣而外，惟杨广耳；至于其余，则皆煦煦姝姝，善良谨葸者也。又况今日邦基阽杌，其能宏济艰难，拨乱世而反之正者，决非仅仅守正高尚，如今人所谓道德者，足以集事！当是之际，能得汉光武、唐太宗，上之上者也；即不然，曹操、刘裕、桓宣武、赵匡胤，亦所欢迎。盖当国运飘摇，干犯名义是一事；而功成治定，芟夷顽梗，得以使大多数苍生安居乐业，又是一事。此语若对众宣扬，必为人人所唾骂。然细思之，今日政治惟一要义，其对外能强，其对内能治；所用方法，则皆其次。孟子谓：'行一不义，杀一不辜，虽得天下不为。'此自极端高论，殆非世界所能有。然吾所患于袁氏者，以其多行不义，多杀不辜；而于外强内治两言，又复未尝梦到！观其在位四年，军伍之不统一，财政之纷乱；夫治标乃渠侬最急之图，尚是如此；至其他根本问题，如教育、司法，尤不必论！综其行事，所最为中外佩服者，即其解散国会一事，谓其有利刃斩乱麻之能；而抵制日本要求不与焉！尝观陕西教士著一《见闻录》，谓：'袁世凯大罪，不在规图帝制；在于不审始终，至于事败，转使强盗群称守正，匪人皆居成功；而民国之苦痛遂极。'此真针针见血之语！夫国乱如此，北洋系经一番醋蓉之后，既成暮气而无能为！则使有政党焉，以其魄力盘踞把持，出而为一切之治，锄诛异己，号令出于一门，人曰'此暴民专制'也，而吾则曰'犹有赖焉'。而乃好恶拂人，贪酷无厌。假令一旦异己者亡，而同室之中，又乖离分张，芽蘖萌动，而争雄长矣。夫盗贼匪人，岂有久合之道？欲其利国，不益远乎？此吾国前途所为可痛哭也。"

其时梁启超方以政论负天下望，而袁世凯之殂，又发难于启超之一论，国人仰之如景星庆云。而复意又不然！曰："国家欲为根本改革之计，其事前皆须有预备。而今之人，则欲一蹴而几，又焉可得？少年人大抵狂于声色货利之际；即其中心地稍净者，亦闻一偏之说，鄙薄古昔，而急欲一试，以谓必得至效。逮情见势屈，始悟不然；此时即有次骨之悔，而所亡已多。今日之事，不如是耶？但问今日局面不可收拾之所由来，则其原因至众，项城不过因其势而挺之而已，非造成此势者也。若论造成此势，则清室自为其消极；而康、梁以下诸公为其积极；二者合，而大乱遂为不得不成之势。至于元二诸公，所谓推波助澜，而其身亦在漩涡滚浪之中，欲不为然，或不可得！夫满清入关，以东胡种人而为中国之主，比较而论，其暴君乱政，以视朱明、胡元要为稀少。而一旦权臣欺其寡孤以与人市，臣民之中绝少为之太息扼腕者，虽曰自取；而向来执笔出报诸公，不得不谓其大有效力耳。嗟嗟！吾国自甲午以来，变故为不少矣！而海内所奉为导师，以为趋向标准者，首屈康、梁师弟。顾众人视之以为福首；而自仆视之，则以为祸魁。何则？政治变革之事，蕃变至多，往往见其是矣，而其效或非；群谓善矣，而收果转恶！是故深识远览之士，愀然恒以为难，不敢轻心掉之，而无予智之习。而彼康、梁则何如？生长粤东，为中国沾染欧风最早之地。而粤人赴美者多，赴欧者少，其所捆载而归者，大抵皆十七八世纪革命独立之旧义。其中如洛克、米勒登、卢梭诸公学说，骤然观之，而不细勘以东西历史、人群结合开化之事实，则未有不熏醉颠狂，以其说为人道惟一共遵之途径，仿而行之，有百利而无一害者也。而孰意其大谬不然乎！平生于《庄子》累读不厌，因其说理语打破后壁，往往至今不能出其范围！其言曰：'名，公器也，不可以多取。仁义，先王之蘧庐也，止可以一宿，而不可以久处。'庄生在古则言'仁义'，使生今日，则当言'平等''自由''博爱''民权'诸学说矣。庄生言：'儒者以诗书发冢。'而罗兰夫人亦云：'自由自由，几多罪恶，假汝而行！'甚至'爱国'二字，其于今世最为神圣矣！然英儒约翰孙有言：'"爱国"二字，有时为穷凶极恶之铁炮台。'西国文明，自今番欧战扫地遂尽。英国看护妇某氏正命之顷，明告左右，谓：'爱国道德为不足称。何则？以其发源于私，而不以天地之心为心故也。'此等醒世名言，必垂于后，正如罗兰夫人论刑时，对自由神谓'几多善恶，假汝而行'也！可知谈理论一入死法，便无是处。是故孔子绝四，而释迦亦云：'如筏喻者，法尚应舍，何况非法。'而彼康、梁则何如？于道徒见其一偏而出言甚易。南海文笔沉闷。至于任公妙才，下笔不能自休；其自甲午以后，于报章文字，成绩为多，一纸风行，海内观听为之一耸！仆尝寓书戒之，劝其无易出言，致成他日之悔。当日得书，闻颇意动；而转念乃云：'吾将凭随时之良知行之。'由是猖狂无忌，畅所欲言；至学识稍增，自知过当，则曰：'吾不惜与自己前言宣战。'然而革命、暗杀、破坏诸主张，并不为悔艾者留余地也。其笔端又有魔力，足以动人；言'破坏'，则人人以破坏为天经；倡'暗杀'，则人人以暗杀为地义；敢为非常可喜之论，而不知其种祸无穷。往者唐伯虎诗云：'闲来写得青山卖，不使人间造业钱。'以仆观之，梁任公所得于杂志者，大抵皆造业钱耳。今夫亡有清二百六十年社稷者，非他，康、梁也！何以言之？德宗固有意向之人君。向使无康、梁，其母子未必生衅。西太后天年易尽，俟其百年，政权独揽，徐起更张；此不独祖宗之所式凭，而亦四百兆人民之利赖。而康乃踵商君之故智，卒然得君，卤莽灭裂，轻易猖狂，驯至于幽其君而杀其友；己则逍遥海外，立名目以敛人财，恬然不为耻。夫曰保皇，试问其所保今安在耶？必谓其有意作乱，固属大过；而狂谬妄发，自许太过，祸人家国，而不自引咎；则虽百仪、秦，不能为南海作辩护也。至于任公，则自窜身海外以来，常以摧剥征伐政府为能事；《清议》

《新民》《国风》，进而弥厉；至于其极，诋之为穷凶极恶，意若不共戴天。以一己之新学，略有所知，遂若旧制一无可恕，其辞具在，吾岂诳哉？于是头脑单简之少年，醉心《民约》之洋学生，至于自命时髦之旧官僚，乃群起而为汤武顺天应人之事；迨万弩齐发，堤防尽隳，而天下汹汹，莫适谁主。盖至辛亥壬子之交，天良未昧，任公悔之晚矣。于是熏穴求君，思及朱明之恪孙，曲阜之圣裔。乃语人曰：'吾往日议论，止攻政府，不诋皇室。'嗟嗟！任公生为中国之人，读书破万卷，尚不知吾国之制，皇室政府不得歧而二之；于其体诚欲保全，于其用不得不稍留余地，亦可谓枉读一世之中西书矣！今夫中国立基四千余年，含育四五百兆，是故天下重器，不可妄动；动则积尸成山，流血为渠！古圣人所以严分义而威乱贼者以此，伊尹之三就桀者以此！周发之初会孟津而复散归者以此！操、懿之久而后篡者亦以此！英人摩理有言：'政治为物，常择于两过之间。'法哲韦陀虎哥有言：'革命时代，最危险物，莫如直线。'任公理想中人，欲以无过律一切政法，而一往不回，常行于最险直线者也！故其立言多可悔；迨悔而天下之灾已不可救矣！今夫投鼠忌器，常智犹能与之。彼有清多罪，至于末造之亲贵用事，坏法乱政，谁不知之。然使任公为文痛詈之时，稍存忠厚，少敛笔锋；不至天下愤兴，流氓童骇尽可奉辞与之为难，则留一姓之传，以内阁责任汉人，为君主立宪；所全岂不甚多？而无如其一毁而无余何也。至于今日，事已往矣。师弟翻反，复睹乡衯，强健长存，仍享大名，而为海内之巨子；一词一令，依然左右群伦；而有清之社，则已屋矣。《黄台瓜》辞曰：'种瓜黄台下，瓜熟子离离。一摘使瓜好，再摘使瓜稀，三摘犹为可，四摘抱蔓归。'康、梁之于中国，已再摘而三摘矣！耿耿隐忧，窃愿其慎勿四摘耳。大抵任公操笔为文时，其实心救国之意浅，而俗谚所谓'出风头'之意多。庄生谓：'蒯聩知人之过，而不知其所以过。'而德文豪哥德剧曲中，载有鲍斯特者，无学不窥，最后学符咒神秘术；一夜召地球神，而地球神至，阴森狞恶。六种震动。问欲何为？鲍大恐屈伏；然而无术退之。嗟乎！任公既以笔端搅动社会至于此矣！然惜无术再使吾国社会清明；则于救亡本旨，又何济耶？时局至此，当日维新之徒，大抵无所逃罪。仆虽心知其危，故《天演论》既出之后，即以《群学肄言》继之，意欲蜂气者稍为持重。不幸舍其旧而谋其新，风会已成。而郑苏戡《五十自寿长句》有句云：'读尽旧史不称意，意有新世容吾侪！'嗟乎！新则新矣！而试问此为何如世耶？大抵吾人通病，在睹旧法之敝，以为一从夫新，如西人所为，即可以得无弊之法；而孰意不然。专制末流，固可为痛；则以为共和当佳；而孰知其害乃过于专制。始知世间一切法举皆有弊；而福利多寡，仍以民德民智高下为归。使其德智果高，将不徒新法可行，即旧者亦何尝遂病。倘德与智，未足心知其意，即民权亦复何为。其最受病，在用共和而不知选举权之重，放弃贩卖，匪所不为。根本受病，此树不能久矣！所以哓哓者，即以亿兆程度，必不可以强为；即自谓有程度，其程度乃真不足；目不见睫，常苦不自知耳！辛亥革命，而段祺瑞执梃袁门，搂合武人以为兵谏，宣统逊政，共和以成。八九年来，当以保障共和自任；然而于所以为共和者，段氏宁梦见也？国会之惟利是视，摧剥民生，殆吾国有历史来所未有。旧有风宪之官，言西法者皆以为非善制；今则以其权畀国会矣！由是明目张胆，植党营私；当国者只须有钱以豢养此辈议员，便可以诸善勿作，诸恶奉行，而身名仍复俱泰！呜呼！真不图我生不辰，乃见如此世界也！间尝深思世变，以为物必待极而后反。前者举国暗于政理，为共和幸福种种美言夸辞所炫，故不惜破坏旧法从之！今之民国近十年矣！而时事如此；更复数年，势必令人人亲受苦痛，而恶共和与一切自由平等之论如蛇蝎，而后起反古之思；至于其时，又未必不太过！此社会钟摆原例，无可奈何者也！往者突厥，群称近东病夫，至十九稘末造，毅然变法；于是有少年突厥之特称！列邦拭目观其变化，金谓自兹欧、亚接壤中间，将必有崛兴之强国矣！顾乃大谬不然！数年之间，埃及、巴尔干群属几尽；而最后乃不量德力，为德所利用；屈指年月，更绘舆图；不独欧洲必无回部，即在安息、大食中间，亦不知占得幅员几许？是故变法而兴者，日本也。变法而亡者，突厥也。天时、地利、人事三者交汇以为其因；此中消息至微，惟狂妄者乃欲矢口高论耳！吾辈托生东方，天赋以国；国者，其尊如君，其亲如父。今乃于垂老之日，目击危亡之机，欲为挽救之图，早夜思维，常苦无术。又熟知世界大势，日见半开通少年，于醉梦中求浆乞酒，真使人祈死不得。所绝对不敢信者，以中国之地形民质，可以共和存立；梁任公亦谓：'共和必至亡国。'而求所以出此共和者，又断然无善术。呜呼！今乃知当日肆口击排清室，令其一毁无余者，为可恨也。《传》曰：'无易由言。'人人自诡救国，实人人皆抱火厝薪之夫。一旦及之后知，履之后艰；虽痛哭流涕，戟指呵骂其所崇拜盲从之人，亦已晚矣。悲夫！"

既而丧乱频仍，国人意又稍苦共和。康有为乃与长江巡阅使张勋阴谋复辟。而复意又不然！曰："九年卤莽共和，天下事至于如此。自常识而论，复辟岂非佳事？惟君主之治，必须出于自力；其次亦须辅佐。况当武人拥兵时代，非聪明神武，岂能戡祸乱而奠治安？此时中国已患无才；至于满人，更不消说。此正合历史一姓不再兴公例。倘卤莽灭裂以图之，非惟无补于苍生，抑将丛诟于清室！名为爱之，适以害之；苌叔违天，乌足尚乎？须知清室若可再兴，则辛亥必不失国。当时天子声灵，尚自赫耀；故家遗老犹有存者；手握雷霆万钧之势。乃亲贵乱政，授人口实，坏此山河；而谓今日凭藉鸥张武夫，可以光复旧物？必不然矣！此议果行，大非旧朝之福！"

于时天下汹汹，一分而不可复合；北洋之军阀，南方之民党，纷纭角讼。各有藉词！而复则两不以为然！曰："吾国革命之后，占势力者不过两系：军人，一也；所谓民党，二也。时局至此，民党则被罪于军阀之干政；而北洋军人则归狱于万恶之国会。互相抨击，殆无休时。顾我辈平情论之，恐两派均难逃责也。数千年文胜之国，所谓兵者，本如苏明允所称；'以不义之徒，操杀人之器。'武人当令，则民不聊生；乃历史上之事实！近数十年来，愤于对外之累败，由是项城诸公得利用之，起而言尚武，言练兵。所以练兵；自唐以来，朝廷于有兵封疆，必姑息敷衍；清中兴以后尤甚！此项城所以刻志言兵也！虽然，武则尚矣，而教育不先，风气未改，所谓新式军人，新于服制已耳；而其为'不义之徒，操杀人之器'自若也。虽然，此类军人亦惟在中国始能存立耳；稍与节制师遇，无不披靡。日本有某将官尝言：'军人娶得美妻，殖产至数十万金，其人即非军人。'然则歌童舞女，列屋环侍；偷粮蚀饷，积资数百千万；其人尚有军人资格耶？以如是之人而秉国成，淫佚骄奢，争民施夺，国帑安得而不安虚？民生安得而不憔悴？由是浸淫成五季之局，斯为幸耳。吾国原是极好清平世界。外交失败，其过亦不尽在兵。自光、宣间，当路目光不远，亦不悟中西情势大殊。僩然主张练兵，提倡尚武；而当日所禀令者，依然是'以不义之夫，执杀人之器'。此吾国今日所由纷纭大乱，万劫不复也。若夫民党，尤为可哀。侈言自由，假途护法。其在野也，私立名字，广召党徒，无事则以报纸为机关，有事则藉电报为风雷，把持倡和，运动苞苴。一日登台，所用者必其党徒，曰：'此固美、法先进民主国之法程也！'蜂屯蚁聚，虽二十二行省全国官僚，不足以敷其位置；而徒党之中，驴夫走卒，目不识丁，但前有摇旗呐喊之功，则皆有一脔分尝之获。吏治官方，扫地而尽。至其所谓'护法'者，亦不过所奉之辞而已。一旦手握重权，则破法者亦即此辈。军人诚恶；然尚有统系纪律之存，其为害或稍胜狂愚谬妄之民党也！北洋军人之奢骄淫佚，夫岂不知？然孰使此类之人，于社会有势力而犹为人心所系者；民党诸公宜自反也。民党诸公，所畏忌无过北系军人；顾识其真际者，窃以为不足畏。盖北系名为军人，养尊处优，大抵暮气。而民党仰取俯拾，方在进行一是，无所忌惮，以必得为主；故当胜也。然于'福国利民'四字，皆为无望。群不逞志，太息俟时。而中央失政，方镇恣睢，既授以可乘之隙，则群起而挺之。至于成事，则得位行权，各出其钩爪锯牙，以攘拿国帑、鱼肉吾民者，犹吾大夫，未见君子。《诗》曰：'譬彼舟流，不知所届。'吾国今日所最苦者，在于乏才。十年前，志士以政府腐败之故，日日鸣鼓攻之，致令身无完肤；然于事无济，徒假极无价值人，甚至强盗流氓以隙，使得借以为资，生称伟人，死铸铜像。目下举国若狂，是非自无定论。然我辈去后三十年，人心稍定时，回观今日，不识当如何叹恨，如何齿冷耳！从来历史当国是国体大更动时，必呈此种现象；俟种种经历丧失，流血已多，而后人天厌乱，渐趋正轨。合欧洲已事观之，此时正佛家所谓浩劫，未见黄人之遂臻平世也。俄虽欧之大国，民物土地，泱泱雄风；而其间大公窃权，女谒弄政，宠赂苟法，与夫其民之不学，较之吾国，殆有甚焉。故虽蚕食亚洲，而一遇强对。辄复不振。比者其国半明之民，乘机革命，亦复定制共和。不知国之治乱强弱，初不系此。盖革命所制锄者，特贵族耳！而民之愚暗，初不能一蹴而跻休明。而旧法提防既堕，逞忿纵欲，二者必大横决。故法经八十年而始有可循之轨，犹不足以盛强。最近者俄方且由革命而造成恐怖，由共和而流为过激；其宗旨行事，实与百年前革命一派绝然不同。其人极恶平等自由之说，以为明日黄花，过时之物；所绝对把持者，破坏资产之家与为均贫而已。残虐暴厉，据所记载，真令人有天地末日之悲！故中国乱矣，而俄罗斯比之则加酷焉。此如中国明季政窳而有闯、献，斯俄之专制末流而结此果，真两间劫运之所假手！与我中国，均不知何日始有向明之机！此时仡苦停辛，所受痛楚，要皆必循之阶级。极端自由平等之说，殆如海啸飓风，其势固不可久；而所摧杀破坏，不可亿计。此等浩劫，内因外缘两相成，故其孽果无可解免。使可解免，则吾党事前不必作如许危言笃论矣！"

党竞既烈，乃藉辞外交，段祺瑞为国务总理，以对德宣战，不为黎元洪所可，发愤走天津；而国会则佑元洪以逐祺瑞，佥谓德人无败理也。而复则独不谓然；曰："西方一德，东方一倭，皆犹吾古秦，知有权利，而不信有礼义公理者也。德有三四兵家，且借天演之言，谓战为人类进化不可少之作用。顾以正法眼藏观之，殊为谬说。战真所谓反淘汰之事，罗马、法国则皆受其敝者也。故使果有真宰上帝，则如是国种，必所不福。又使人性果善，则如是学说必不久行。德意志联邦自千八百七十年来，可谓放一异彩！不独兵事船械，事事见长，起夺英、法之席；而国民学术，如医、如商、如农、如哲学、如物理、如教育，皆极精进。乃不幸居于骄王之下，轻用其民以与四五列强为战；而所奉之辞又多漏义，不为人类之所通嘉。目论者徒见其摧坚破强，锐不可当。惟是兵战之道，必计成功，不重锋锐；项羽百战百胜，而卒蹶于汉高。今之德皇，殆如往史之项羽，即胜巨鹿，即烧咸阳，终之无救于垓下。德皇即残比利时，即长驱入巴黎，恐亦终无补于危败也。盖德皇竭力缮武二十余年。用拿破仑与其祖维廉第一之术，欲以雷霆万钧，迅霆不及掩聪，用破法擒俄，而后徐及于英国，故其大命悬于速战而大捷。顾计所不及者，英人之助比、法也，列日起致死为抗也。德国极强，然孟贲、乌获，力有所底；飙发雷奋；所靡粉者，比国耳；浸淫而及于法之北疆，顾咫尺巴黎，经百日而不能破；东不能入俄境；南不能庇奥邻。至马兰之挫衄，而无成之局兆矣！及逾二年，则正蹈曹刿三竭之说。而英人则节节为持久之画；疏通后路，维持海权，联合三国，不许单独媾和。曹刿以一鼓当齐之三，以为彼竭我盈；英人之术，正复如是。大抵德人之病，在能实力而不能虚心。故德、英皆骄国也；德人之骄，益以剽悍；英人之骄，济以沉鸷。然则胜负之数，不待蓍蔡矣。尝谓今日之战，动以国从。战事之起，于人国犹试金之石；不独军政兵谋，关乎胜负，乃至政令、人心、道德、风俗，皆倚为衡。俄广土众民，天下莫二；然以蚕食小弱有余，至于强对作战，则无往不败！昔之于日本，今之于德，皆其己事之明效也！此其故不在兵而在国之政俗。据今策之，纵横二系，非一仆不止。而德意志国力之强，固可谓生民以来所未有；东西二面，敌三最强国矣；而比、塞虽小，要未可轻。顾开战十阅月，民命则死伤以兆计；每日战费不在百万镑以下；来头勇猛，覆比入法，累败俄人；至今虽巴黎未破，喀来未通，东则瓦骚尚为俄守；海上无一国徽，殖民地十亡八九，然而一厚集兵力，则尽复奥所亡城；俄人退让，日忧战线之中绝；比境法北之间，联军动必以数千伤亡，易区区数基罗之地；所谓死魢不得入尺寸者也；不独直抵柏林。虽有圣者，不能计其期日；即此法北肃清，比地收复，正未易言。此真史传之所绝无，而又知人事之大可恃也。英人于初起时，除一二兵家如罗勒、吉青纳外，大抵皆以为易与。及是始举国忧悚，念以全国注之。而于政治，则变政党之内阁而为群策群力；于军械子药，则易榴弹以为高炸；取缔工党，向之以八时工作者，至今乃十一时；男子衽兵革，女子职厂工；国债三举，数逾千兆镑，而犹苦未充。由此观之，则英人心目之中，以条顿种民为何等强对，大可见矣。故尝谓国之实力，民之程度，必经苦战而后可知；设未经是役，则德之强盛，不独吾辈远东之民不窥其实；即彼与接壤相摩者，舍三数公外，亦未必知其真际也。使彼知之，则英人征兵之制，必且早行；法之政府于平日军储，必不弛然怠缺而为之备，明矣。今夫德以地形言，则处中央散地四战之境；犹战国之韩、魏也。顾自伏烈大力以来，即持强权主义；虽中经拿破仑之蹂躏，而民气愈益深沉。千百八十年累胜之余，一跃千丈；数十年磨厉以须，以有今日之盛强。由此而知，国之强弱无定形；得能者为之教训生聚，百年之中，由极强可以为巨霸；观于德，可征已。德人之于英、法，文明程度相若；而政俗则大不同。德人虽有议院，然实尚武而专制，以战为国民不可少之圣药；外交则尚夸诈，重诇侦；其教民以能刻苦、厉竞争为本；其所厉行，乃尽吾国申、商之长而去其短。日本窃其绪余，遂能于三十年之中，超为一等强国。而英、法则皆民主。民主于军谋，最不便；故宣战后，其政府皆须改组，不然，败矣！日本以岛国而为君主立宪，然其经国训民，不取法同型之英，而纯以德为师资者，不仅察其国民程度为此；亦以一学英、法，则难以图强故也！年来英国屡经失败，其自救而即以救欧洲者，在幡然改用征兵制之一着；否则至今尚未知鹿死谁手耳。世变正当法轮大转之秋；凡古人百年数百年之经过，至今可以十年尽之。盖时间无异空间，古之程度，待数年而后达者，今人可以数日至也。故一切学说法理，今日视为金科玉律，转眼已为蓬庐刍狗，成不可重陈之物；譬如平等、自由、民权诸主义，百年以往，真如第二福音；乃至于今，其敝日见，不变计者且有乱亡之祸。老夫年将七十，暮年观道，十八九殆与前不同；以为吾国旧法断断不可厚非。今有一证在此；有如英国十四年军兴以来，内阁实用人才，不拘党系；足征政党，吾国历史所垂戒者，至于风雨飘摇之际，决不可行；一也。最后则设立战时内阁；而各部长不得列席；此即是前世中书、枢密两府之制，与夫前清之军机处矣；二也。英人动机之后，俄、意诸协商国靡然从之。夫人方日蜕化，以吾制为最便；而吾国则效颦学步，取其已唾弃之刍狗而陈之；此不亦大异也耶？方战事勃发之初，以德人新兴之锐，乘英、法积弛之政，实操十全胜算。尔乃入巴黎不能，趋卡来不至，仅举比境与法北徼而不得过雷池半步者，此其中殆有天焉？及至旷日持久而不得志，则今日之事，其决胜不在战阵交绥之中，而必以财政兵众之数为最后。德虽至强，而兵力固亦有限。试为约略计之，则一年中，其死伤或云达三百万，即令少此，二百余万当亦有之。而其东陲对俄之兵，报称三百五十万众；如此则六百万矣。而西面比、法之间，至少亦不下二百万，是德之胜兵八百万也。方战之初，德人自言兵有此数，群诧以为夸诞之言！乃今此众已全出矣。英、法之海众未燔，而财力犹足以相持。军兴费重，日七八兆镑；久之德必不支。要而言之：德之霸权，终当屈于财权之下。又知此后战争，民众乃第一要义。吾国之繁庶如此，假有雄桀起而用之，可以无对。而日操戈同室，残民以逞，为足痛也。"

时论方趋欧化而訾读经。而复则甚不谓然，曰："吾垂老亲见支那七年之民国，与欧罗巴四年亘古未有之血战。觉欧人三百年之进化，只做到'利己杀人，寡廉鲜耻'八个字。回观孔、孟之道，真觉量同天地，泽被寰区。此不独吾言为然，往闻吾国腐儒议论，谓孔子之道，必有大行人类之时！心窃以为妄语！乃今听欧、美通人议论，渐复同此。彼都人士，研究中土文化之学者，亦日益加众，学会书楼，不一而足。即此可知天下潮流之所趋矣。士于国学，茫乎未有知，斯已耳。如其不然也，聆他国学说，观他国国政民风，必益信吾国先圣之言为不可易；而以其新知发挥旧学，转足使之盛大而不穷。盖心愈瀹者知愈通；量愈拓者气愈平；而圣人之道，实已立其极也。中国目前危难，全由人心之非；而异日一线命根，仍是数千年来先王教化之泽。读经之在学校，当特立一科；而所占时间，不宜过多。宁可少读，不宜删节；期以熟读，亦不必悉求领悟；而要必于童蒙之教植其基；非不知辞奥义深，非小学生能所领解；然如祖父容颜，总须令其见过；至其人之性情学识，自然须俟年长，乃能相喻。《四子》《五经》亦然。皆中国数千年人伦道德之基，此时不妨先教讽诵；能解则解，不能解则置之，俟年长学问深时，再行理会，有何不可。若少时不肯盲读一过，则终身与之枘凿；徐而理之，殆无其事。虽然，其中有历古不变者焉，有因时利用者焉；使读书者自具法眼，披沙见金，则新陈递嬗之间，转足为原则公例之铁证。老夫行年将近古稀，窃尝究观哲理，以为耐久无敝，尚是孔子之书。《四子》《五经》，固是最富矿藏，唯须改用新式机器，发掘淘炼而已。顾古圣贤人所讲学而有至效者，其大命所在，在实体而躬行；今日号治旧学者，特训诂文章之士已耳！故学虽成，其于人群社会无裨益也。其次莫如读史，当留心细察古今社会异同之点。古人好读'四史'，亦以其文字佳耳。若研究人心政俗之变，则赵宋一代历史最宜究心。中国所以成为今日现象者，为善为恶，姑不具论；而为宋人之所造就，什八九可断言也。"

时论方戒早婚而崇自由。而复则亦不谓然！曰："吾国前者以宗法社会，又以男女交际不同欧人，遂有早婚之俗，而末流或至病国，诚有然者。而今日一知半解之年少，莫不以迟婚为主义，若有志于化民善俗。顾细察其情，则实不尔！盖少年得此可以抵抗父母，夺其旧有之权；一也。心醉欧风，于配偶求先接洽，既察姿容之美恶，复测情性之浅深，以为自由结婚之地；二也。复次凡今略讲新学少年，莫不以军国民自居，于古人娶妇所以养亲之义，本已弃如涕唾，至儿女似续，尤所不重；则方致力求进之顷，以为娶妻适以自累！假一不知谁氏女子以与之商终身不二之权利，则私计亦所不甘，则何若不娶单居？他日学成，幸而有百金以上之入；吾方挟此遨游，脱然无累；群雌粥粥，皆为肉欲之资；孰与挟一伉俪而啼寒号饥，日受开门七件之累乎？此其三也。用此三因，于是今之少年，其趋于极端者不但崇尚晚婚，亦多傫然不娶；又睹东西之俗，通侻逾闲，由是怨旷既多，而夫妇之道亦苦。不如中国数千年敬重女贞；男子娶妇，于旧法有至重之名义，乃所以承祭祀，事二亲，而延似续。而用今人之义，则舍爱情俗欲而外，羌无目的之存；女色衰则爱弛，男财尽则义绝；中道仳离者往往而有。今试问二者之中，何法为近于禽兽？则将悚然而知古礼之不可轻议矣！婚嫁旧法，至以子女为禽犊，言之伤心。而新法自由，男女幸福，乃以益薄！今夫旧法之敝，时流类能言之。至一趋于新而不知所裁制，其害且倍蓰于旧，彼昏不知也。"

时论方废文言而倡白话。而复则亦不谓然：曰："北京大学陈独秀、胡适、钱玄同诸君，主张言文合一而作白话文，意谓西国然也。不知西国为此，乃以语言合之文字；而陈、胡诸君则反是，以文字合之语言。今夫文言文之所以为优美者，以其名辞富有，著之手口，有以导达奥妙精深之理想，状写奇异美丽之物态耳。如刘勰云：'情在词外曰隐，状溢目前曰秀。'沈约云：'相如工为形似之言，二班长于情理之说。'梅圣俞云：'含不尽之意，见于言外；状难写之景，如在目前。'今试问欲为此者，将于文言求之乎，抑于白话求之乎？诗之善述情者无若杜子美之《北征》；能状物者，无若韩吏部之《南山》。设用白话，则高者不过《水浒》《红楼》；下者将同戏曲中簧皮之脚本。就令以此教育，易于普及，而遗弃周鼎，宝此康瓠，正无如退化何耳！世间万事，无逃天演，革命时代，学说万千；然而施之人间，优者自存，劣者自败，虽千陈独秀，万胡适、钱玄同，岂能劫持其柄？则亦如春鸟秋虫，听其自鸣自止可耳。林纾辈与之较论，亦可笑也。"

好为危言抗论，不为随俗，大率类此。而老病颓唐，感时发愤，无可告语，常自叹恨曰："我生之后，世界泯纷；眼见举国饮狂，人理几绝；而袖手旁观，不能为毫末补救。虽有透顶学识，何益人己之间！然则徒言学术，亦何与人事？此羊叔子所以不如铜雀伎也。吾人不善读书，往往为书所误；是以以难进易退为君子，以隐沦高尚为贤人。不知荣利固不必慕，而生为此国之人，即有为国尽力之天职。往者孔子固未尝以此教人，故公山、佛肸之召，皆欲往矣。而于沮溺之讥，则云：'天下有道，某不与易。'孔子何尝以消极为主义也？世事朝局，所以败坏不可收拾如今日者，正坐吾辈自名读明理，而纯用消极主义，一听无数纤儿，撞破家居之故。使吾国继此果亡，他年信史，平分功过，知亦必有归狱也。吾六十之年又加四矣，羸病扫轨，自力不能，惟有浩叹。向使年仅知命，抑虽老未衰，将鞭弭橐鞬，出而从事；杀身亡家，所不顾耳！"

英使朱尔典归国；而复往送之，与谈朝局，抚今感昔，不觉老泪如缏。朱慰之曰："君毋然！吾观中国四千余年蒂固根深之教化，不至归于无效。天之待国犹人，眼前颠沛流离，即复甚苦；然放开眼孔看去，未必非所以玉成之也。君其勿悲！"复闻其言，稍为破涕也。中年以来，既以文学为天下所仰；杂文散见，不自留副；仅存诗三百余首，树骨浣花，取径介甫，偶一命笔，思深味永，不仅西学高居上流也。其为学一主于诚，事无大小无所苟；虽小诗短札，皆精美，为世宝贵。而其战术、炮台、建筑诸学，则反为文学掩矣！以一九二一年九月卒，年六十九。遗书三事，以诏子孙：一，中国必不亡，旧法可损益，必不可叛。二，新知无尽，真理无穷，人生一世宜励业求知。三，两害相权，轻己重群。其用心端可知矣！

章士钊

章士钊，字行严，湖南长沙人。少好文章。于唐宋八家，独称柳宗元，每语人曰："子厚《答韦中立书》，自道文章甘苦，有曰：'参之《穀梁》以厉其气。参之《孟》《荀》以畅其支。参之《老》《庄》以肆其端。参之《国语》以博其趣。参之《离骚》以致其幽。参之《太史》以著其洁。'夫于气则厉，于支则畅，于端则肆，于趣则博，于幽则致，于洁则著，相引以穷其胜，相剂以尽其美，凡文章之能事，至此始观止矣。就中'洁'之云者，尤为集成一贯之德；有获于是，其余诸德自帖然按部而来；故子厚殿以为文章之终事。自来文家，美中所感不足，盖莫逾'洁'字之道未备。韩退之《致孟东野书》，一篇之中，至连用'其'字四十余次，此科以助词未甚中程，似不为过。苏子瞻论文，谓'宜求物之妙，使了然于口于手'，此独到之见，恒人所无。然东坡之文，往往泥沙俱下；'气盛'诚有之，'言宜'每不尽然，为宜之道则奈何？曰：凡式之未慊于意者，勿著于篇。凡字之未明其用者，勿厕于句。力戒模糊，鞭辟入里，洞然有见于文境意境，是一是二；如观游涧之鱼，一清见底；如察当檐之蛛，丝络分明。命意遣词，所定腕下必遵之律令，不轻滑过，要其归于'洁'而已矣。"此士钊论文之旨也。读书长沙东乡之老屋，前庭有桐树二，东隅老桐；西隅少桐。老者叶重荫浓，苍然气古。少者皮青干直，油然爱生。时士钊年二十耳，日夕倚徙其间，以桐有直德，隐然以少者自命；喜白香山有"一颗青桐子"之句，因自号青桐子。二十一岁，负笈来南京，学于江南陆师学堂，总办山阴俞明震恪士素擅学问，尤工为诗，感物造端，摄兴象空灵杳霭之域；晚益托体简斋，句法间追钱仲文；尝言："诗人非有宏抱远识，必无佳构。"其为人和隽两至，飘然绝俗；能奖掖后生，尤重士钊。而士钊乡人马晋羲惕吾则主讲国文，兼授史地。时校律严，为士钊敬惮；然以此为躁妄者不便。时值上海南洋公学大罢学后，阳湖吴敬恒稚晖主《苏报》，特置《学界风潮》一栏，恣意鼓吹，士气骤动，风靡全国。中国学生之以罢学为当然，自敬恒之倡也。当时知名诸校，莫不有事，陆师亦不免焉。时士钊既以能文章，为校士魁领，则何甘于不罢课而以示弱诸校。一日，毅然率同学三十余人，买舟之上海，求与所谓爱国学社者合，并心一往，百不之恤。三十余人者，校之良也，此曹一去，菁华略尽！俞明震知士钊魁率多士，函劝不顾，马晋羲垂

涕示阻，亦目笑存之也。自以为壮志毅魄，呼啸风云，吞长江而吹
歇潮矣。然三十余人，由此失学者过半，或卒以惰废不自振。中年
以后，士钊每为马晋羲道之，往往有刺骨之悔；曰："罢学之于学
生，有百毁而无一成；何待他征？愚所及身亲验，昭哉可睹，既若
此矣。"事在逊清光绪二十八年壬寅也。

方是之时，革命之说稍起，而孙文名字未著。章炳麟、吴敬恒
及善化秦巩黄力山、山阴蔡元培子民之徒，次第张之。巩黄掉臂绿
林，潜踪女闾，自为风气，罕与士夫接。而炳麟、敬恒、元培皆籍
爱国学社。炳麟挟《驳康有为书》一册，沾沾自喜，侪类亦以此推
之。敬恒以辩才闻于时；安垲第之演说，大擅江海；然其所言，能
得人之耳，而未必得人之心。元培退然若不胜衣，与之言事，类有
然诺而无讽示。士钊既罢学之上海，与诸公者合，周旋其间，独抵
掌说军国民之义焉。炳麟则大喜，以为得一奇士也。时沧州张继博
泉、巴县邹容蔚丹方以劫取日本留学监督姚某之辫，走上海，亦居
爱国学社。而容著《革命军》一书，士钊则润泽之，初版签书《革
命军》三字，乃士钊笔也；而容以序属炳麟。一日，炳麟挈士钊与
张继及容同登酒楼，痛饮极酣，曰："吾四人当为兄弟，缪力天下
事。"炳麟年最长，自居为伯；而仲士钊，叔继，季容；自是士钊
弟畜二人而呼炳麟曰兄也。容十九岁，年最幼，而气陵厉出士钊上，
卒然问曰："大哥为《驳康有为书》；我为《革命军》；博泉为《无
政府主义》；子何作？"士钊笑谢之而已。顾自内惭，乃据日本宫
崎寅藏所著《三十三年落花梦》为底本，成一小册子，颜曰《孙逸

仙》。而自序其端曰：

　　孙逸仙，近今谈革命者之初祖，实行革命者之北辰，此有耳目之所同认。吾今著录此书，标之曰《孙逸仙》，岂不尚哉？而不然。孙逸仙者，非一氏之新私号，乃新中国新发露之名词也。有孙逸仙而中国始可为，则孙逸仙者，实中国过渡虚悬无薄之隐针。天相中国，则孙逸仙之一怪物，不可以不出世。即无今之孙逸仙，吾知今之孙逸仙之景与魍魉，亦必照此幽幽之鬼域也。世有疑吾言乎？则请验孙逸仙之原质为何物，以孙逸仙之原质而制作之又为何物。此二物者，非孙逸仙之所独有！不过吾取孙逸仙而名吾物，则适成为孙逸仙而已。既知此义，谈兴中国者，不可脱离孙逸仙三字。非孙逸仙而能兴中国也，所以为孙逸仙者而能兴中国也。然则孙逸仙与中国之关系，当视为克虏伯炮弹成一联属词，而后不悖此书本旨。吾，黄帝之子孙也。有能循吾黄帝之业者，则视为性命所在，且为此广义，正告天下；以视世之私谊相标榜、主张伪说、迷惑天下者，读此书当能辨之矣。共和四千六百一十四年八月二十日。

其时天下固瞢然不知孙氏为谁何者。上海同志与孙氏有旧者，独一秦巩黄，尤诵而喜焉。为之序曰："四年前，吾人意中之孙文，不过广州湾一海贼也，而岂知有如行严所云云者？吾东洋人最好标

榜，彼得毋又蹈此病？巩黄阅人多矣；吾父理刑名，少小随侍往来
宦场中；继又访吾国之逋臣于东南群岛；复求草泽无名之英雄于南
部各省。龚璱人曰：'乌睹所谓奇虬巨鲸大珠空青者耶！'我行仆
仆，亦若是则已矣。大盗移国，公私涂炭。秦失其鹿，丧乱弘多；
而孙君乃于吾国腐败尚未暴露之甲午乙未以前，不惜其头颅性命，
而虎啸于东南重立之都会广州府，在当时莫不以为狂。而自今思
之，举国熙熙皞皞，醉生梦死，彼独以一人图祖国之光复，担人种
之竞争，且欲发现人权公理于东洋专制世界；得非天诱其衷而锡之
勇者乎？吾曾欲著此书；而以三年来与孙君有识，人将以我为名
也，复罢之。今读行严之书，与吾眼中耳中之逸仙，其神靡不毕
肖。喜而为之序。"巩黄又曰："热心家初出门任事，其进诚锐；
意若曰：'以齐王犹反手。'而不知前途有无限之荆天棘地。一旦
失败，则又徜徉歧路。是以朝秦暮楚，比比皆是。此则孙君之所以
异乎寻常志士。读者之所当注意，吾辈之极宜自励者。"炳麟则为
题词曰："索掳披昌乱禹绩，有赤帝子断其㷊（噆之籀文）。掩
迹郑洪为民辟，四百兆民视此册。"自是孙文、孙中山著为文章，
浸喧于士人之口矣！时孙文易名中山樵以避逻者，士钊著录，用孙
中山三字，缀为姓字称之。睹者大诧，谓无真伪两姓骈举成名之
理。然孙中山之名自此称。而亦以其间时时投稿上海《苏报》及
《国民日日报》，中有署名青桐之诗歌，即士钊作也。会清廷遣俞
明震以江苏候补道来检察革命党。章炳麟、邹容皆就逮；而士钊得
脱，则以明震之厚重之也。士钊既免于难，乃还湖南，随善化黄兴

克强，纠合湖南革命人物，创立华兴会于长沙，又与洪帮哥老会合，举事不成。士钊乃亡命日本，走江户；则顿悟党人无学，妄言革命，祸发且不可收拾，功罪必不相偿。渐谢孙文、黄兴，不与交往，则发愤自力于学；二十四岁，初习英文字母而不以为耻。于是黄兴以华兴会并入孙文所主之兴中会，及留学生有志革命者，合组同盟会于日本之赤坂：中分八部，各有专职，而以"驱除鞑虏，恢复中华，建立民国，平均地权"为信条。会众三百余人，举孙文为总理。已而章炳麟亦脱狱来会，一日在新宿寓庐，与寿州孙毓筠少侯迫士钊署约入同盟会，共图大事。士钊不许，则动之以情，更劫之以势，非署名者不得出室庐一步，如是者持两昼夜，卒不许也。世风乍启，革命之说鼎盛一时。女子之教。且由外言不入，一跃而藩篱尽撤。士钊遁荒域外，见名门淑女，年十七八，无父兄师保自随，独游异邦，呼朋啸侣，男女无别，行止自便者无算，尤不谓然。顾于其中得一人焉，曰吴弱男，盖庐江吴保初君遂之女也。保初为清故提督长庆谥武壮次子，为四公子之一。保初文弱颖异，长庆以为非将种，使入都师事故侍郎宗室宝廷。宝廷文章直节，早擅重名；方罢官，无以自存。长庆岁资助之而属以保初。保初则濡染为清折闲肆之诗，遂识沈曾植、陈衍之伦；郑孝胥至都，独请业学诗称弟子。孝胥素不主张弟子之说，坚拒之。而庐江陈诗者，年长于保初，又从而称诗弟子焉。保初尚气好文章，事事效法宝廷，为诗千百言立就；前后千百首，刊有《北山楼集》，音节悲壮，遣词命意时近王安石；其回肠荡气之作，亦不亚《海藏楼》也。时刚毅

方长刑部，自命刑名家，保初以荫补主事，与争一狱，谳稿反复诘
诘持不下。至掷稿于地，自褫公服出署去。既弃官居上海；慈禧太
后临朝，报效麋集，政日敝。保初乃电请归政。康有为、梁启超谋
变法；保初奔走号召，助张目；而唐才常起事汉口，相传保初与谋
焉。兄保德惧连，将告密；又与保初妇谋绐而坑之；嗣子世炎具以
告，逃之日本；逾年归。袁世凯方为北洋大臣，以早为长庆所识
拔，而谋得当于保初，月致二百金，使居金陵，勿得至上海；继益
百金，要以三事：不入都，不言朝政，不结交新党，若圈禁于天津
焉；恐其及祸也。世炎有神童之目，书过目不忘，十余岁喉疾卒。
保初伤之甚。唯二女弱男、亚男，遣游学日本，勖女以诗，有"西
方有美人，贞德与罗兰"之句；而弱男倜傥好事，通中英文，足有
才藻，至是邂逅士钊，自由缔婚焉。弱男时为同盟会英文书记，与
孙文上下议论，持极端欧化之说，又谓"非平等自由，不足征欧
化"，气焰万丈。士钊初解字母，不能读西书，雅不然之！然天下
盛称西方美人贞德、罗兰如是，无以难也！未几，偕游英伦。初
至，与王小徐论贤母良妻，不协，愤而趋沤北淀。居之三年，至是
亲接彼中妇女，往来大学教授及名牧师之家庭间，尽得其忠勤端
静，持家教子，非成年之女，无督不得独出诸状。乃征贤母良妻，
无碍欧化；欧化亦不尽于自由平等；而刮弃昔日之所轻信谬执，一
以亲炙于西贤者为归，而渐化焉！自是以迄归国，绝不问外事，尤
鄙女子参政论，闭户理家政、修文学；非亲故，外间获见其面者且
罕。士钊每喟然曰："嘻，欧化真似之辨，吾妻今昔之殊，诚不料

其相违之度如此之大也！然亦贵有人善体认焉而速改其度耳！庸讵知吾辈须眉男子之论西政西学，不与吾妻未游欧前之言社会革命者同其谬妄耶？吾思之，吾重思之。"

士钊既之英，乃入伦敦大学，习政治经济之学。顾最喜者逻辑，又通古诸子名家言，杷栉梳理而观其通。自国中言名学者，严复而后，莫之或先也。自是衡政论文，罔不衷于逻辑。每谓："文自有逻辑独至之境。高之则太仰，低焉则太俯；增之则太多，减之则太少；急焉则太张，缓焉则太弛。能斟酌乎俯仰多少张弛之度，恰如其分以予之者，惟柳子厚为能；可谓宇宙之至文也！"黄花岗既败。志士殉者七十二人，而至友杨守仁笃生同客英伦，自恨不与其役，发愤蹈海死。士钊旅居无憀，黯然有秋意；感于诗人秋雨梧桐之意，遂易"青"而"秋"焉！其时北京《帝国日报》屡征士钊文，士钊则为《英宪》各论，皆署"秋桐"二字与之。辛亥八月，革命突起，不数月而清帝逊位，共和告成，推孙文为临时大总统，奠都南京。然革命党人所能依稀仿佛以涣然大号者，惟立国会、兴民权，廓然数大事耳！其中经纬百端，及中西立国异同本义，殆无一人能言。士钊归自英伦，晤桃源宋教仁遁初于游府西街。教仁以能文善辩说，有造于共和；而为孙总统所倚重者也；则坦然相告曰："子归乎？吾幸集子所言，以时考览，藉明宪政梗概。"士钊问其故，教仁出示一帙，盖士钊投寄北京《帝国日报·英宪》各论，教仁次第裁取，已裒然成一册也。于是士钊乃以明宪法、通政情，为革命党人所欲礼罗！吴敬恒、张继、于右任之徒，联翩而至，邀之入同盟会，士钊卒婉谢之。于右任方主《民立日报》，乃委己以听。《民立日报》者，同盟会之机关报也。同盟会既得势，不知所为，惟四出抵排人。梁启超尝持立宪以与同盟会晤；至是归国，求不见绝于同盟会，因扬言于众曰："吾夙昔言立宪者，手段也，目的同为革命。"同盟会不听，而讧益急；又不能持论，唯指与立宪党有连，则莫不关其口而夺之气！其湖北同盟会员王慕陶侃叔者，至抗辩于众曰："吾非王八蛋，焉为立宪党！"海上群言，以次屏息！顾士钊习于逻辑，持论不为诡随。独谓："政党政治成功之第一要素，在于党德。党德云者，即认明他党为合法团体，而听其并力经营于政治范围以内，以期相与确守政争之公平律也；即英儒梅依所言'听反对党意见之流行'一语也。凡一时代急激之论，一派独擅之以为名高，因束缚驰骤人，使慑于其势，不显与为抗，一遭反诘，甚且嗫嚅无敢自承；于是此一派者，气焰独张，或隐或显，垄断天下之舆论而君之。久之他派尽失其自守之域，轩輖之态，如弹簧然，一唯外力之所施者以为受；不论久暂全阙，天下大势终统于一尊。然理屈不伸，利害情感郁结无自舒发；群序既不得平流而进，国家社会之元气，乖戾过甚，卒亦大伤。盖不认反对党之行为为合法；凡所争执，隐之走入偏私，显之流于暴举，乃为事势之所必然。十七世纪，英伦之政争纪录，凡号为阴谋史或流血史，有时总理退职，得安然亡命以去，且称幸运焉者，即以此也。是故以和平改革四字，导领政治，使两党相代用事；非认反对党之所为有益于国，万万不可。且政党不单行。凡一党欲其党内之常新，他党忽尔消灭，或日形削弱，均非所利；盖失其对待，已将无党可言；他党力衰，而己党亦必至虫生而物腐也。"壹本其平素所笃信而由衷者，质焉剂焉，持说侃侃，于同盟会意壹不瞻徇。以此大趑于国人，然亦以此失同盟会欢。同盟会既改组为国民党，黄兴缮要隶籍。士钊又不许，国民党人大谨。士钊主《民立报》所为文，以本字"行严"标识，未用"秋桐"，国民党人，既与士钊见相左，因讦前之投稿《帝国日报》署"秋桐"，而今匿情，若有隐图；又揭杨守仁与士钊书，以明士钊故与立宪党有连，不宜资《民立日报》以隐为立宪党道地。士钊则愤发舍去，杨□□怀中者，杨守仁之兄弟也，自柏林致书询所以。士钊则复以书曰：

怀中学长左右：

得书知由瑞士复抵柏林，此行饱看山水，得诗几何，以为念也。公见《神州日报》，与弟抗论，颇觉不快，以为政争生涯，如是如是！恐弟以之灰心。想公决不料新闻记者之卑劣，日甚一日，在今日望公所见之《神州日报》，转在天上也。《民立报》夙为革命党机关，光复时，声光最盛。南京政府既立，同盟会人执政；南方新闻群以立宪派嫌怨，遇事不敢论列，《时报》至数周不载社论。当时惟《民立报》有作诤友之资地，于右任复以言论独立颂言于人。弟因缘入该社，与右任要约，务持"独立"二字不失；冀于同盟会炙手可热之时，以中道之论进，使有所折衷，不丧天下之望，此种设想本不自量，至其心则无他也。自从《民立报》与同盟会提携之道，不出于朋比，而出于扶掖。弟意有所不可，辄不妄为假借；有时持论，势不得不与党人所见，取义互有出入；而卒以此伤同盟会人之心。夫伤其心，宜也；弟决不以为彼等咎！盖弟非同盟会人；彼毁弟借该会机关倾轧该会，面质右任："何事出此自杀之愚计？""并何厚于章某而薄于本党？"如此等语，皆非在情理之外。故彼辈造作诬词，百计骂弟，弟概置之不问，而独此等语不得不听。何也？嫌疑所在，道德上说不过去也。弟既去《民立报》，谤词复连载十余日不休，若谓中国可亡，而章行严之名誉不可使存。公当不信行严返国，胡乃陡增如许声价。夫天地之大，何所不容？弟涵养工夫虽不如公，此等流言，尚能包含下去；故彼等如何毁弟，无取为公述之。惟笃生遗书一通，近发布于《中华民报》，中诋弟语甚众；彼等遂引为口实以中伤弟；是不得不有所质于公，冀得公一言以祛烦惑。笃生于公至亲，子弟至友，在英时，三人形影相吊，自始未离一步。凡弟有负笃生，公必知之。笃生暮年感慨过多，好持无端涯之论以抹杀人，与吾二人意多不合，此当为公所能忆。弟于笃生，风义本在师友之间，有所论议，因故避其锋，而笃生辄断断不已。一日，以小事哄于弟寓，顿失常度。弟妇吴弱男至为之骇走。弟以笃生忽有此意外之举，中心痛之；而其事弟亦有失检处，尤难为怀；謦欬之余，至于雪涕。弟生平未尝为人流泪，独此次不能忍；此景公亲见之，谅未忘也！若而事者，笃生书中俱屑屑道之。罪弟负友，颇为良证，然此尚非同盟会人发表遗书之意。彼意所在，乃欲实弟为保皇党耳。原书有"弟疑彼（原注：笃生）不忠革命，借词责之；而己乃徘徊于梁卓如、杨皙子之间，既在《帝国日报》投稿，《国风报》上复有大作一首，又安足以服其心"云云，凡兹所言，实为笃生末日褊狭之态造一肖像；弟实哀之之不暇，安忍以其言为过？特未许他人窃之以妄骂人耳。弟与南海康氏未谋一面。自弟稍解政治，康之足迹，即不见于国内。且笃生书中并未及康；以为言者，则《国风报》上曾有大作一首，遂断其依傍梁卓如耳。所谓大作者，乃论翻译名义，见该报二十九期中，公熟知之。此事弟自始未以为当讳；在《民立报》略谈逻辑，首及译名，并屡引前论，使为左证。存蔡君尔文至据原论与弟驰辩，其书赫然在投函栏内，可考也！此于彼等，诚以谓最脆弱可攻处；而在弟则固久矣坦怀置之！以共和之邦，文网尔密，弟决不愿更争旦夕之命也。至何以作此文者，则弟在东京，曾撰《双枰记》小说求鬻；彭希明为携前半至梁处。支取稿费百元；乃稿未成而弟西渡，逾年，弟状更窘，议重鬻焉；而前半在梁处，且百元亦无虚受理，乃与梁一通书，并以大作一首寄之，此其大略也。此外与梁有关，则彼创政闻社时，介于徐佛苏、黄兴之，曾在东京晤谈一次，特寒暄数十语耳，未及政治；以其时弟以文学自炫，方鄙政治不谈，且将西行，亦未遑及之也。此种关联，较之某君（即发书者）与《新民丛报》之亲切，实无可言；即较之笃生自身与梁之纪念，亦无可言。（杨、梁关系为中国革命史上一大纪念，谊当为表之。）笃生以此责弟，由于神经激刺过甚，遂乃举社会一切事情而恶绝之，黄花岗败后，什匿克之心理尤亢；吾辈日与之习，又是政见不合，因首承其蔽，而为彼病态动作之目的物焉，殆不足奇。涉思及此，弟固不忍为笃生过，惟弟与梁卓如并无密交，事实具在于是，一览而知。弟为此言，决不许彼辈妄度弟意，以梁君方为民国不韪之人，而弟必望望然去之，前此交谊，概置不顾。世风凉薄，此种随处皆是。弟夙昔痛恨之。弟果与梁君缔交弥笃，虽难解于儇薄少年之口语，断不肯以夙昔所痛恨者反而效之；匪惟不效，弟犹且用力表出以为反复小人激劝。夫梁君自丁酉以还，于举世醉梦之中，独为汝南晨鸡，叫唤不绝，亘十余年不休；一国迷妄，为彼扬声叫破者，岂在少量？此今日革命党人扪心而自知者也！虽彼未尝躬亲革命之业，以致为急激派所借口；而平心论事，彼昔年开导社会之功，自有其独立自存之值，无取与后来功罪相提并论。且立国之业大矣，所有人才，奚必出于一途？以彼之学之才，移为本邦建树之资；其所成就，将非余子可望。急激者必欲排而去之，谅是急与忌之两念驱之使为。社会之公德心，如是缺乏，此弟与公言之所为长太息者也。推彼等用心，以弟与康、梁有秘密交谊，而特畏为人所发，故阳与同盟会人交欢，俾掩厥迹；今其秽史，出于与弟最昵、道德最高之杨笃生，弟必无颜更在民国言说短长焉矣。见地如此浅鄙，真足令人喷饭！弟自癸卯败后，审交接长江哥弟，非己所长，因绝口不论政事。窃不自量，欲遁而治文学以自见。此凡与弟习者皆能言之，十年来之革命事迹，与弟无关，此自事实。弟固未图以是示异，并向何所妄有所称说。弟苟欲挂革命党招牌，则昔年谈革命于东京，较之上海，尤为太平；何章太炎、孙少侯闭弟于室，强要入会而弟不许，此犹得曰热心利禄。洋翰林非异人任，作党人终未便也。今民国既建，革命已成，险阻艰难，变为荣华；依附末光，此其时矣！胡乃以吴稚晖、张博泉、于右任之敦劝，而弟不入同盟会；以黄克强、胡经武之推挽，而弟复不入国民党？弟始终持此，弟自有其一人之见，人尽议其刚愎，尽訾其别有用心，而以明弟不惜革命党之头衔自重，要为有余！弟被骂甚，革命党中之知弟者，每举弟昔年实行诸迹以谋间执，无论彼等可曰弟始革命而终保皇，其口仍不可以间执也。即间执矣，而弟谓大是隔靴搔痒之事。夫民国者，民国也；非革命党所得而私也。今人深体挽近国民权利，自有为于其国；宁有以非革命党之故，而受人非礼之排击者！弟固不为保皇党，而请让一步承之。弟固不为政闻社员，而亦让一步应之。凡此俱不足以使弟自生惭怍，退然无动；且正以革命党贪天之功，于稍异己者，妄挟一顺生逆死之见以倒行而逆施，行见中华民国汩没于此辈骄横卑劣者之手而不可救；愈不得不因心横虑，谋有以消其焰。吾舌可断，斯言不可毁也。呜呼，笃生留英之年，神经亢不可阶。往往小故，在他人宜绝不经意者，而笃生视与地坼天崩无异，卒至亲其所疏，疏其所亲，颠倒误乱，一至于是！谅公闻之，当不禁为之长叹也！偶有所触，书之不觉满幅。若以此书有累笃生盛德，公责言至，亦所乐受。彼手写遗诗，尚未付印，以正觅旧友作跋，欲并印为一册。今谤言日至，此举或不足传笃生之名，而转以败之；故弟颇复怅怏踌躇尔。余不白。士钊顿首。

士钊既失职于国民党，而法理政论，一时推为宗盟。既痛当日舆论缚于党见，意皆有所郁结不得抒；则发愤为《独立周报》以畅欲言；又怒国民党人间执"秋桐"二字以为口实也，大书特书以示无畏。其发端辞引英国文家艾狄生所主撰之周报《司佩铁特》；司佩铁特者，袖手旁观人之谓也，艾狄生实以自况；而士钊则藉以致其企慕，隐寓旁观者醒之意。而谥之曰"独立"者，所以揭持论不为苟同之旨也。士钊既名重一时，出其凌空之笔，抉发政情，语语为人所欲出而不得出，其文遂入人心，为人人所爱诵，不啻英伦之于艾狄生焉！

时袁世凯为临时大总统，方图专政，而欲藉途宪法以谋称制。既知士钊之通宪法，而闻其不得志于国民党也，则以孙毓筠为介，招入见，馆之锡拉胡同，礼意稠叠，壹惟士钊之意，欲总长；总长之，欲公使，公使之；舍馆广狭惟择，财计支用无限；所责于士钊者，亦宪法为之主持而已！士钊则大窘！顾袁氏则以吴保初父子雅故，又尝有恩；士钊，其亲女夫，意可托大事也。促膝深谈，具悉其所以为帝制者，其计井然，则尤大骇！宋教仁既见贼；士钊意自危，而其妻吴弱男又戒以勿受暴人羁縻；则尽遣其行李仆从，孑然宵遁。既抵上海，造黄兴，方图举兵南京，士钊则袖出《讨袁之檄》，而与章炳麟先后之武昌，说黎元洪同图大事。元洪隐持两端，而二次革命之役猝起。于是国民党乃重认士钊为政友；岑春萱亦起而声讨袁世凯以称大元帅，士钊则为之秘书。既不克，士钊亦被名捕，东窜日本，知袁氏不可与争锋，而欲藉文字以杀其焰；乃组《甲寅杂志》社于日本之东京小石川区林町七十番地，以一九一四年五月十日出版第一期；言不迫切，洞中奥会。

袁氏之徒方以大难初夷，惟集权足以奠定；而士钊则揭联邦论以持之。联邦论者，自民国初元，意已萌动，经癸丑二次革命之役，以集权制之反响，势尤潜长；徒慑于袁氏之淫威，国内谈士如丁佛言、张东荪辈，词旨可见，而无敢尸其名。截断众流，严立界说，毅然翘联邦论以示天下，自士钊始也。袁氏之徒，方以大总统总揽治权，制为约法；而士钊则说统治权以折之。统治权者，出于欧文萨威棱帖。萨威棱帖者，犹言一国最高之权也；国而无此最高之权，则不国；此最高权而无国，则不词。是故国家与统治权合体者也；从其凝而言之，为国家；从其流而言之，为统治权；之二物者，非二物也，一物而两象者也。然而大总统非国家也，何能总揽统治权而与之合体？而欲明此别也，当先严国家与政府之分，国家者，统治权之本体也；政府者，领受国家之意思以敷陈政事者也。国家者，无责任者也；而政府不得不有之。今若以统治权之总揽者属之政府，则为之首长者势将行其绝对无根之权而莫能制之；苟制止之，其事即等于革命。由前之说，是无国家；由后之说，是危政府。二者皆大不可也！惟厘国家、政府而二之，使各守其防，不相侵越，而后国政可得而理。国家之权无限；而政府之权则不得不有限。盖政府者，国家所创置者也；苟政府之权而无限焉，则惟有通国家政府之藩，而反乎专制无艺之实；若而国者，并非绝无可以成立之道；惟宪法一物，不当存在。何也？宪法云者，其在欧文首以限制为义，而政权所使，举有一定之范围，不得逾越。设或逾越，而即有法督乎其后。由斯以谈，国家自有宪法以后，则政权无论大小要有限制；既有限制，即不得冒统治权之一名词。今则以统治权之总揽者属之大总统矣。吾闻行权绝对无限者，最后必有所以限之，其权亦与之为绝对无限。限之如何？即法皇路易之头之所以砍，英王查尔士之首之所以悬，桀、纣、幽、厉经历朝以迄前清之所以死，所以流，所以灭，所以亡也。

国民党人既遁荒海外，而袁氏之徒务屏绝之不与同中国；士钊则晓之以政力向背论。政力向背论者：昔者英儒奈端治天文称宗匠，断言太阳系中有二力于焉运行，日者，全系之心也；一力吸行星而向之；一力复曳行星而离之；前者曰向心力；后者曰离心力；斯律既著，质学大进。后蒲徕士覃精史学，深明律意；以奈端之说，可通于政治，极言作政当保持两力平衡之道。其说曰："社会号有组织，必也合无数人无数团体而范围之。其所以使此人若团体共相维系，则向心力也；反之，人若团体因而瓦解，则离心力也。凡曰社会，无不有前力为之主宰，此至易明；然谓后力可以悉量免除，自有社会以来，完美亦决不至是。盖社会者，乃由小团体组织而成，而小团体中之个体，莫不各自有其中心环之而走，无论何之，不尽离宗。此种趋势，对于他团体及其个体，其为离立，决非调融，可不俟辨。且也社会过大，人人之意见、希望、利益、情感，断无全归一致之理。彼之所以为康乐，此或以为冤苦；彼受如斯待遇而以为足，此或受之而不能平。缓则别求处理，急且决欲舍去；社会之情，一伤至此。久而久之，势且成为中坚，所有忧伤疾苦，环趋迸发，群体不裂，又复几何？"夫所谓群体裂者何？即革命之祸之所由始也。然则欲祸之不起，惟有保其离心力于团体以内，使不外崩；断无利其离而转排之之理。苟或排焉，则力之盛衰原无一定；强弱相倚，而互排之局成；辗转相排，辗转相乱，人生之道苦，于国家之命亦将绝矣！由是两力相排，大乱之道；两力相守，治平之原。

当民军一呼，满廷解纽，昔日之主张君宪者，转而表同情于革命。此较之拿破仑第三既败，共和政府已宣布于巴黎；而君宪之声威，尚公然扬于全国；国民会议，以君党名义而得选举者，至居多数；因日在共和议会，昌言恢复帝政者，其为势顺逆难易何似，不难想见。于法兰西共和先烈，有道以立于楚歌四面之中；而吾首义诸君，乃不知利用众山皆向之势。十三省代表集于汉口，议创临时政府，其中多昔日主持立宪之徒，遂大为革命党人所龃龉，鸟兽散去，实则此诸人者，为执役民军而来。其后唐绍仪南下议和，从行者多一时俊髦之士，而俱以昔日见党不同，接洽未遑，即欲仇以白刃，致彼仓皇投止，狼狈北归。保皇党者，乃过去之名词；当事者以欲张其鼓吹革命之功，乃日寻敌党之宿慝以相媒孽。凡此数端，求于前举政则，乃离心力之可转为向心力者；既为所排而去，而国内所有一切离心力，更不识所以位之使得其所，而日以独伸向心力为事。卒之离心力骤然溃决，全体以解，己竟陷于绝地而不自觉焉！以言今政府之所为；彼既利用国民党穷追离心力之势，悉收之以向己，而人心以得，而同时乃不审筹一相当之地，以置不可收之离心力，使运行于法制之内，借图政治剂质之用，而措国家于和平之域也。

刘廷琛、劳乃宣、宋育仁、章浸之徒，昌言复辟；舆论排之，指为邪说；政府甚之，欲兴大狱；士钊则进之以《政本论》。为政有本，本何在？曰在有容。何谓有容？曰不好同恶异。近世立国，不外将国中所有意见、情感、利害、希望维持而调护之，使一一各得其所。惟所谓各得其所，其所必异；异则党派以生。君政者，亦党派之得以为帜者也；苟吾守异说至坚，断无禁其存在之理。于是有为事实之谈者曰："国体何事？既云确立，复容他说以叛之，视国家如弈棋，又焉可尚？"不知此正所以固国本也。盖对抗国体之论，张之则为顽词，闭之则为秘计。顽词之张，谁则听之；而一部分之孤怀野性，有所寄托；反侧之志，既销于言词；宽大之名，复归于民国；名曰张之，其实弛之，非失计也！反是叛国之辞，悬为厉禁；感情既郁，诡秘横生，国基纵不以是而颠，而靴虺时闻，大有害于和平进步之序。议者得无谓吾为共和，有倡言复辟者，即当执而戮之，肆诸市朝，以儆有众。则法兰西之山岳党，曾为之于百余年前矣；不仅王党被戮，即有通王之嫌，或温和而可被以是嫌者皆上断头台，彼岂不曰："王孽既绝，共和之花，当百年不凋？"乃死事之血未干，王政之基复起，中经数王，往复数十载；至师丹败后，拿破仑第三被卤，而共和始庆更生。时则建国诸贤，深明治体，对于尊王反动之徒不加压迫，转与提携议会之中，君政党公然列席，初为多数，逐年递减，至今日仍存二十余席焉。如此优容，转不闻共和为其所坏。此诚一孔之士所不可解；而明理之夫以为自然者也！盖其时君政党跋扈于议会；国家之运命，彼实操之；帝政之不复苏，其间不能以寸。幸而其党自有内讧，所拥各异，未能即决。苟民政党过张其理想，迫之以不能堪，则反动立成，彼惟有自泯其争端，相携以制共和之死命已耳！倡共和者知其然也，相与让之，只须保存共和之名以上；一切制度，自审其无可抗议，即惟其所欲；善养帝政余孽之锋，而待其自挫；听其自然，卒未闻于共和有害。于以知褊狭者不可以谋国，浮浅者不可与议法。此诚观于法兰西之往事，而当著为炯戒者也！且一说之起，必有其所由起。今复辟说之所由起者何也？此在稍明时势之人，可以一言断之，曰伪共和也。伪共和者何也？帝政其质，而共和其皮者也。质不异矣，我之质，胡乃独贵于人之质？人求其质，而我必自贵，强人以从我，此安足以服！今人痛排帝政，并不自认帝政之嫌，而辄翘共和以对。意谓共和之名，一出吾口，即有鬼神呵护，帝政邪说，法当退听。则拿翁设祭，华圣顿之灵，翩然来格，斯可耳！不然，则我露其质，乃朝四而暮三；我蒙厥皮，亦朝三而暮四；名实未亏，而冀其喜怒为用。狙公诚智，刘、劳、章、宋之徒，未见有若众狙如庄生所称也。《传》曰："尧舜率天下以仁，而民从之。桀纣率天下以暴，而民从之。其所令反其所好，而民不从。"今所令者共和也；而所好则不在是。凡民且为离心，焉论俊秀！董子曰："诘其名实，观其离合，则是非之情，不可以相谰已！"愚固共和论中之走卒，而兴言及此，对于复辟论者，盖不知所以为情。由斯以谈，复辟论非其本身足以自存；乃伪共和有以召之，明白甚矣！其因既得，攻复辟者惟有证明今日之共和非伪，或促进今后之共和，使不为伪而已！盍亦反其本矣！

严复著《民约平议》一文，揭之天津《庸言报》以痛诋卢梭，而袁氏之徒张之以为民权自由，群治之所由不进；士钊则折之以读《民约平议》。《民约平议》者，严氏之所号称自造，盖全出于赫胥黎《人类自然等差》一文。赫氏为生物专家，近世寡其辈流；而以拘墟于科学之律特甚，扞格不通，自相抵牾；是故以言物理，赫氏诚为宗工；以言政理，时乃驰于异教；术业专攻，势使然也。自有《民约论》以来，论者百家，名文林立，持说无论正负，要有不尽不竭之观。严氏作为平议，体亦大矣！乃皆外而不求，略而不论，独取一生物学者之赫胥黎先入以为之主；不知赫胥黎固非不认民约之说者，特其所谓约，不如卢梭作界之严耳！卢梭曰："约以意，不以力。"而赫胥黎则曰："无意无力，两造相要，举谓之约。"严氏今以产业见夺于人，吾无力与之相抗，因俯首帖耳从其条件，疑即卢梭之所谓"约"，反词以诘之；冀崇拜民约者，无敢置对，词穷而去。是殆先熟赫胥黎之论于胸。请得更诵卢梭之言曰："约以想，不以力。屈于力者，乃势之事，非意之事也。"然赫胥黎究非能坚守己说，而得其所以言约者，严氏盖敷陈其意以入乎所译《天演论》；（下卷严意第四。）而撮其大旨，取数点焉：一曰民既合群，必有群约。一曰其为约也，实自立而自守之，自诺而自责之。一曰尊者之约，非约也，约行于平等。一曰民权日伸，公治日出，亦复其本所宜然而已。兹数说者，皆不啻为卢梭之书下以铁板注脚，与赫胥黎他日之所以攻卢者，其意不符！赫氏之论平等，其说从体智身份而入，谓智愚、强弱、贵贱、贫富之不同，自然而然，无法齐之，其言不为无理。然当知此种不同，卢梭非无所见；以此间执卢梭，宁非无谓之尤！卢梭撰《民约论》，论产业终，结以一语曰："吾今此语，当用以为群制之本源，是何也？是乃民之初约，在不违反天然平等之性，而以道德法律之平等，取体质之不平等而代之。

以体质之不平等，乃造物以加于人，无可解免者也；由是民力民智纵或不齐，而以约之，故其在法律，乃享同等之权利。"是则智愚强弱之不一，卢梭已有说处此！至贵贱贫富之所由异，有时乃属贤愚勤惰之结果；卢梭宁不知之？故其言曰："以言平等，其慎勿以为若权若富，吾人皆当保持同等之量。斯语之所谓，不外有权者不当使之为暴；其行权也，务准乎位、依于法。富者不当使之足以买人；反之，贫不当使人不足自存，至于自鬻；如是而已！"是卢梭所以配置贵贱、贫富之道，亦不如俗论所云，彼于权位财产，必芟夷蕴崇，绝其本根，然后快也！呜呼！世人一耳卢梭之名，几相惊以伯有矣！乃夷考其实，言之平正通达如此，且时时戒人勿作极端之思焉！英儒鲍生蔡尝病卢梭之书。为人妄解，而发愤一道曰："凡伟人之意见，一入常人之口，其所留意戒备，视为不可犯者，辄犯之不已；甚且假其名以行焉。"此诚有慨乎其言之！

袁氏稔恶，既以称帝。梁启超则领袖进步党以与国民党合而讨袁；君子有清流大同盟之颂！而蔡锷者，启超高第弟子也，有云南首义之功，意国民党当下之！国民党不乐！于是肇庆之军事刚终，沪上之讧声复起！方蔡锷之起云南也，岑春萱实入肇庆以为两广都司令，辟士钊为秘书长。启超亦来会。士钊建议辟新运以别立政统，至少亦决不复国会。启超韪之，春萱亦以为然！而汤化龙、吴景濂之徒大会沪上，以民意相劫持；天下重足而立，敢怒而不敢言；约法国会表里唱和之局，咄嗟立成，春萱、启超慑息莫敢动！世凯既殂，春萱释兵以归于沪，士钊则劝以从容养望，不可妄动，词旨切至。春萱颔之。士钊即求入北京大学讲逻辑，以三年不闻政相期。居顷之，春萱惑于人言，以为桂军必奉令，又欲恢复国会以收民望；一年之中，三约士钊之沪议行止。每议，钊辄力沮之；春萱则怏怏。士钊贻书痛陈桂军不足恃，并言国会黩货长乱，恢复无当国人意状。春萱偶发其函于赵世钰，议士大恨！春萱亦卒走粤，召国会，立军府，而自为总裁，急电相召，无立异余地。士钊则降心相从。

自后启超附于段祺瑞以征南。而春萱遮蔽民党，用事于粤；士钊实为上佐，言："议员宜课资格，受试验。"闻者大哗！又在上海揭论，主宪法不由国会订立。其文流传，两院中人指为叛逆；而以士钊之亦为议员也，张皇号召，削其籍。又以附之者衡政必曰学理，謼之为政学系，时人为之语曰："北有安福，南有政学"，以为大诟。曹锟乘之，用吴佩孚以败段祺瑞；而岑春萱不容于孙文，亦以奔走失职！居无何，孙文亦为其将陈炯明所放逐！士钊睹事无可为，而疑代议之无裨治制；又慑于斯制惰力之未全去，所称宪政祖国之英伦，尤如北辰所在，时论拱焉！乃于一九二一年二月，于役欧洲，亲加考览，长途万里，所怀百端，即红海舟中，草致章炳麟书，历陈国会之乱政，而谓："有人民神圣、国会万能诸说，稗贩政治者流，得以奔走张皇，莫能颂言其非。惟兄集中有《代议然否》一论，造于逊清末年，主不设国会。其说建于未立本制之先，始为人人所不能言，中为人人所不敢言，卒为人人所欲言而不知所以为言。此诚不能不蒲伏于兄先识巨胆之下，不胜欢喜，深用自壮者也！"既抵英伦，历访其文人政士，而小说家威尔思，戏剧家萧伯讷，皆于民治有贬词！威尔思约士钊赴其乡园，纳凉池畔，从容谈及中国国政，慨然曰："民主主义，吾人击之使无完肤，只须十分钟耳！但其余主义脆弱，且又过之；持辩至五分钟，便是旗靡辙乱。是民主政治之死而未僵，力不在本身，而在代者之未得其道。世间以吾英有此，群效法之，乃最不幸事！中国向无代议制，人以非民主少之，不知历代相沿之科举制，乃与民主精神深相契合；盖白屋公卿，人人可致，岂非平等之极则？辛亥革命，贸然废之，（科举之废不待革命，威氏之言微误。）可谓愚矣！吾欲著一书曰《事能体合论》，意在阐明何事需用何能，何能始为何事：事能之间，有一定之拣选方法，使之体合。中国民治，其病在事能之不体合也！"为太息者久之。而萧伯讷之所以语士钊者，意尤恢诡！其言曰："能治人者始可治人。林肯以来，政坛有恒言曰：'为民利，由民主之民治。'然人民果何足为治乎？如剧，小道也，编剧即非尽人能之。设有人言'为民乐，由民编之民剧。'语之不词，至为章显。盖剧者，人民乐之而不审其所由然。苟其欲之，不能自制，而必请益于我，惟政府亦然！英、美之传统思想，为人人可以治国。中国则反是！中国人而跻于治人之位，必经国定之试程；试法虽未必当，而用意要无可议。今所当讲，亦如何而使试符其用耳！"士钊又以所为《业治论》质正于群家潘悌。潘悌旧为工程师，乃树立基尔特社会主义之先觉，而倡业治以矫巴力门制者也！则诏于士钊曰："中国自立代议制，政事莽不可理。盖所谓代议者，并未尝代人民而议。且以选区如彼其辽阔，凡所以为选者，其权例操于少数党人之手；此曰代表，词直不通。以此之故，凡政客下选区为演说，其政纲类由自择。人民于不自我起之争论中，迫而指名一造，代己谋国；而其争论又为性至复，非深知其内容，是非莫明；即深知之矣，所列问题，每浮伪不切事情，无关民福；选民纵英爽能断，亦无所用。要之党人所标政策，徒于己党朋分政权而见为利；以云利国，直去万里。彼辈初挟理想而学为政！而一例以骑墙派终，非无故也！盖选区之分划，绝不与实际相符。试思一区之中，利害百出，包举于一人之身，如何可能？吾英谋矫此弊，因有基尔特制之创议。斯制非他，即所以运政治于实际者也。夫代议制之虚伪，以机体不立；故基尔特首祛是病，乃举一国之人，类聚而群分之。如此为分，其最自然之尺度曰业；诚以业者，人所相依为命者也。彼谈国政，恒不免于无意识；而本业夫惟不谈，谈则不离乎意识者近是。何以故？问题较简，而己与之相习故。自有基尔特运动以来，发轫于英伦，风靡于欧、美大陆，使言政之家，论思一变；盖以其说深抵巴力门制之创痛。而予意尤以中国为饶有施行业治之机会。盖所谓七十二行，气力不足而行会未亡，以新治加于其上，为势甚顺。中国果其实行，尤且得促西方之反省，使奉为矩范，起而效法。此征于今日西方人心之大觉，予语良非泛然。何也？以其厌恶今制，信念全失，思古幽情，油然以生；举凡生活方式，使人由之，心差安而理差得尔。然吾之基尔特，于资本制未兴以前即已消失；今以业治期之，宜先有准备工夫以资过渡。是何也？即计议资本如何可去，而基尔特如何可复也。中国斫丧未久，犹有存焉者；而在西方，则不反而求诸过去，不可得见也。"潘悌持之以正言庄论，威尔思、萧伯讷出之以嬉笑怒骂；而要归于然否代议则一。于是士钊之政治信念全变。遂返国，道出法之里昂，而吴敬恒方为里昂大学校长。士钊论议文章，敬恒所重；每谓宝山张嘉森君迈曰："章行严之一骭毛，无非佳者。"至是邀讲演。将登坛；有粤生起指士钊大骂，词不可堪，其大指影射粤军政府，无关问学。横逆之来，士钊默尔。而敬恒噤声拊掌，不知所出。粤生兴尽自去，仅乃得讲，私询知为陈炯明党也！炯明资之来校，同伴凡数十人。时惟粤生多金，校费从出，号贵族，故跋扈如此。士钊私心自计，不审敬恒平日驭贵族何术者？

后数月，诸生哄而驱敬恒，布词丑诋。敬恒则大愤，绝去，归国以后，誓不更兴办学事。私居聚议，每严颜斥若辈青年无望，恨恨不已！然敬恒持论大廷，建言新闻，则又大神圣而特神圣其新中国之新青年者，壹是有褒而无贬，有书而无但；且制为通律曰："学生与教习斗者，学生必胜；犹之人民与政府战者，人民必胜。"藉是长养天下学生暴动，曾不动色！士钊尝引以为怪焉。

士钊之归国也，会曹锟以直隶督军胁总统黎元洪而逐之。其大将吴佩孚练兵洛阳，申讨军实以为奔走御侮之臣。曹锟弥洋洋自得，又欲供重议士饵诱以选为总统。士钊既未甘以自货，遂遁而之沪，橐笔已久，辄复思动，而联邦自治之说，士钊实倡之。赵恒惕遂据湖南以制省宪，自命为湖南自治省长；其宣布大政之就职文，即士钊笔也。既为《新闻报》有所撰述，其尤著者，曰《论威尔逊》《论列宁之死》《论麦克道纳内阁》《农治述意》，皆为时所称诵。士钊自以《甲寅》得大名，益油然生嗣兴前迹之思，名仍《甲寅》，刊则以周，招赍授事，计议粗定，而轩波以大起！江苏督军齐燮元用吴佩孚之命，起兵以逐卢永祥于浙江，吴佩孚自将大军出山海关以攻张作霖；冯玉祥随吴佩孚出师而有贰志；取间道归以袭北京，取曹锟而幽诸，杀其嬖人李彦青；遂与张作霖联军以夹击吴佩孚，尽俘其众；欲推一人以主国事。

段祺瑞既失职居天津，图起用事，而以士钊能文善论思，有声南北，请以为谋主。士钊乃置《甲寅周刊》不论而奔命以赴，与祺瑞左右谋以何道而起。士钊曰："吾向主毁法造法，逆料有一时期，约法既坏，新法未生，总统旧称无所用之；非别立一名不可。以前军务院之抚军长，及军政府之总裁，独是一隅自限之号；建位北京，军民并治，取义当有未同。因念西史纪元前，罗马初设民主，署曰公萨，译家如严几道、林琴南均取吾籍'执政'两字当之，宏义雅名，向往弥切。曹锟窃国，黎黄陂移节上海，议立政府。愚不取法统说，以临时执政制进；议虽未成，而窃以为段公再起，谊必出此。"于是段祺瑞以执政建号，开府北京；遂以士钊为司法总长，寻兼教育总长，自以习熟情伪，奋欲更张；于是奂然号于众曰："吾国兴学许久，而校纪日颓，学绩不举。学生谋便旷废，致倡不受试验之议；即受试矣。或求指范围，或胁加分数，丑迹四播，有试若无。为教授者，以所讲并无切实功夫，复图见好学生以便操纵，虚应故事，亦固其然。他国大学教授，在职愈久，愈见一学之权威：而吾国适得其反。夫留学生初出校门，讲章在抱，

虽无成业，条贯粗明；而又朝气尚好，污俗未染，骤膺教职，弥觉
兢兢；此类人选他国至多置之研究院内、助教室中，而在吾国则为
上品通材，良足矜贵；何校得此。生气立滋。过此以往，渐成废
料！新知不益，物诱日多；内诒学生，外干时事，标榜之术工，空
疏化为神圣！犷悍之气盛，一切可以把持！教风若斯，谁乐治学？
北京八校，教授多至数百人，年耗库款少亦二百万元以上；岁终至
五百页可读之书、三年可垂之籍，以登学府而版国门。独念吾华号
为文化古国。海通以还，学术途径益形扩大。除旧籍所当加意整理
外，近世应用科学及各邦文史政俗种种著录，为学子所万不可忽
者，所涉尤繁。使先辈讲学之精神得存一二，今时述作将百倍于古
而未有已！乃自上海制造局倡议译书以还，垂四五十年，译事迄无
进步；而文字转形芜俚，所学未遑探索；鸾刀妄割，谬种流传！无
其书，有斯文将丧之忧；有之，转发不如无书之叹。昔徐建寅、华
蘅芳、李善兰、徐寿、赵元益、江衡辈，所译质、力、天算诸书，
贯通中西，字斟句酌，由今视之，恍若典册高文，攀跻不及！即下
而至于格致书院课艺，其风貌亦非今时硕博之所能几！以云进化，
适得其反。髦士以俚语为自足，小生求不学而名家；黄茅白苇，一
往无余。学者自扪，宁诚不怍？而为之学生者，读西籍，既乏相称
之功能；质本师，又乏可供之著述。几纸数年不易破碎不全之讲
义，尸祝社稷，于是出焉。此云兴学，宁非背道！且也大学为学术
总集之名，犹之内阁为政治总集之名。内阁有长财政者，不闻称财
政内阁；有长司法者，不闻称司法内阁。今大学宜讲农工业，竟自

号农业大学与工业大学；大学宜讲法律政治，复自号法政大学；甚至师范美术，文科中之一部耳，亦分别独立，各称大学。干为支灭，别得类名！逻辑所不能通，行政所大不便。部落思想横被学林。卒之兼课纷纭，师生旁午，学统尽坏，排娟风生。欲求首都有一宏深精进、条干分明之大学，与伦敦、巴黎竞爽，俟之百年，将亦难得。欲图易俗，乃画三策：一、本部设考试委员会，仿伦敦大学成例，学生入学毕业诸试，概由部办。二、本部设编译馆，要求各大学教授通力合作，优加奖励，期于必成，务使期年之间，有新著数十百种，布之黉舍，辞理并当，餍人取求。三、合并八校。"骤议之日，士钊持说侃侃，无所避就，莫之能难！然而风声所播，诟谤乃丛。部试诸生，青年自视为大逆不道，先生长者阳持静默而阴和之，潜势极张。宏奖著述，竟讹传为甄别教员，不加考询，顽然抗议。合并八校，施受之间，暗潮不可终日。士钊又以其间重刊《甲寅》，论列时贤，于吴敬恒、胡适之伦，多所讥切；好恶拂人，弥以丛怨。而五月七日之事起。五月七日者，岁岁以纪念爱国为循例者也；惟警厅以岁必滋事，禁止游行，咨请教育部，转知各校。士钊亦未照办，黠者乃造转知一文以揭于报，且甚其辞曰："摧残教育，阻挠爱国！"于是学生大恨，以为："不扑杀此獠，卖国贼其何所惩！"建旗呐喊以趋魏家胡同十三号，欲得士钊而甘心焉。士钊遁，而毁其室也，士钊既知其后有大力者负之而趋，未可深究，则置不问。而独居深念，意忽忽不乐；因吟白香山《孤桐》诗曰："'直从萌芽拔，高见毫末始；四面无附枝，中心有通理。寄言立身者，孤直当如此！'孤桐孤桐，人生如此，尚复何恨！"因易字孤桐。其时北京女子师范大学学生，逐其校长杨荫榆。荫榆至，则持木棍砖石，叫骂追逐，无所不至，撕其布告，而易以学生求援宣言。北京大学学生从而应之，声生势张，男女啸聚，锁闭办公室，把守校门，阻止校长教职员不许入。诸生跳梁于内，校长侨处在外。士钊大怒，请于段祺瑞曰："士钊少负不羁之名，长习自由之说。名邦大学，负笈分驰；男女同班，亦尝亲与。所有社会交际，两性衔接之机械缔构，一一考求，其中流以上之家，凡未成年之女子，殆无不惟阿保之命是从，文质彬彬，至可爱敬。从未见有不受检制，竟体忘形，聚啸男生，蔑视长上；家族不知所出，浪士从而推波，伪托文明，肆为驰骋；谨愿者尽丧所守，狡黠者毫无忌惮；学纪大紊，礼教全荒，如吾国今日女学之可悲叹者也！以此兴学，直是灭学；以此尊重女子，直是摧辱女子！钊念儿女乃家家所有，良用痛心。当此女教绝续之秋，宜为根本改图之计。不如查照马前次长处理美术专门学校成例，将女子师范大学停办解散为便。"祺瑞可其请。部令一出，士论哗然。于是号称代表九十八校之学生联合会，登报以声讨士钊之罪，曰："章士钊两次长教，摧残教育，禁止爱国，事实昭然。敝会始终表示反对。乃近日复受帝国主义之暗示，必欲扑灭学生爱国运动而后快。不特不谋美专之恢复，且复勾结杨荫榆，解散女师大，以数千女同学为牺牲。此卖国媚外之章贼不除，反动势力益将气焰日高。不特全国教育前途受其蹂躏，而反帝国主义之运动，亦将遭其荼毒矣！故敝会代表九十八校，不特否认章贼为教长；且将以最严厉之手段，驱之下野。望我国人其共图之！"诵者同然和之！

北京大学教授李石曾会士钊于广座，攘臂起曰："余本不欲言。惟今日京师女学，有一极悲惨之纪念，颇欲藉以警告教育当局，使知女子师范大学学生，有为警察殴伤者若干人，其导因为外交问题，其表见为摧残女学。如此痛心之事，演于首都。已成之国学而不能保；何暇计及地方私立女学之成毁盛衰乎！"语其悲壮，合座动色。士钊从容诘之曰："石曾所称警察殴伤女生若干人，果何所见而云然乎？石曾曾身亲焉否乎？若仅以告者为凭，则凡来教部骇告，及所告负责任之呈报，遮得君言之反。当日警察，盖绝未敢侵学生，徒见学生纷持木棍砖石，追逐校长，而为从中调解而已。以北京学界见嫉之甚，保护弱者声浪之高，而女师大又向为一切教联、学联休戚与共之大毂。岂有女生伤及多人，事越三日，并一纸声诉书而不得见；而魏家胡同十三号之门庭，复宁静乃尔矣乎？石曾平旦视愚，岂求摧压学生以为己利者哉？诸君抹杀事实，广构虚词，鸟瞰先机，务锄异己。狙使血气未定之学子，恣为一切坏乱之秘谋。此其用心，直不使有读书种子留连京府，董理教务，以气类之相感，为学问之远图；而宁禽视鸟息于军国官僚之下，伺其颜色，倚为奸利；偶有冲激，寻衅有名。而凡手持毛瑟，或腰带指挥刀者，诸君乃立为第二天性所暗示，不复正觑；而惟使凤称同类同情，决不肯滥用政力，侵陵学府者，不复有旋足吐气之余地。以愚不明心解，苦味其故。石曾思之，亦能示我转语否乎？"石曾无以应也。

　　于是吴敬恒扬言于众曰："整顿学风，宜也。顾章行严何人，足言整顿学风乎？足解散女师大乎？若蔡子民，斯可矣。"蔡子民者，北京大学校长蔡元培也。两公既高名宿学，不快士钊，沸腾群口。而士钊又以司法总长审查金佛郎案而予通过；事发，士论益哗，以为伙同受贿有据；再毁士钊之室，肆力而捣，尽量以攫；卒扫聚所余，相与火之。呼啸千百众学生，十余人为之发踪指示，自门窗以至椅凳，凡木之属无完者！自插架以至案陈，凡书之属无完者；由笥而椸，无键与不键，凡服用之属无完者；荡焉尽焉，以得肆志为快。吴敬恒为讲其义曰："此诚作官者之业报也。"士钊乃不得一日安于其位，相应而解官。然而士钊则以号于人曰："吾官可解，吾道不可易也！由今之道，无变今之俗，扰攘终年，羌无一是，政益见其浑乱，学益趋于荒落。虽有圣方，只速人死！"士钊解官而众怒未已。

　　士钊好尽言而与众立异，又工臧否人物。吴敬恒者，一世之人震而惊之，以为人伦模楷，称曰吴先生者也；而士钊则以与梁启超、陈独秀同讥切，以为："国人图新之第一大病，在无办法。其自谓有办法者，其无尤甚！近世革新，分立宪、革命、共产三期，以梁先生尸立宪，吴先生尸革命，陈先生尸共产，允为适当之代表人物。之三人者，各有所长，亦各有所短。以物为喻：稚晖自始闻政以迄今兹，所领盖为游击偏师；己既绝意势位，复无何种作政纲领，惟于意之所欲击者而恣击之尔。盖如盘天之雕，志存击物，始无所不击，终乃一无所击，回旋空中，不肯即下。任公者，知更之鸟也。凡民之欲，有开必先；先之秘息，莫不知之；且凡所知，一一以行，乃致今日之我，纷纷与昨日之我战而无所于恤。独秀则不羁之马，奋力驰去；言语峻利，好为断制；性狷急不能容人，亦辄不见容于人，则别树一帜，为马克思之说以自宠异，回头之草弗啮，不峻之坡弗上，尽气途绝，行与凡马同踣。如此等人，岂非世所谓魁异奇杰之伦？而各各所事之为无裨于国，则如十日并出之所共照，无可诋谰！任公曰'立宪立宪'，今时宪安在者？稚晖曰'革命革命'，无命不革，己命且莫之逸，遑言其他。独秀曰'共产共产'，试问民穷财尽，尚复何产可共？于是语其义也，莫不粹然成章，闻者悦服。至语其效，则同是乱天下有余。何以故？曰无办法故。盖以主义而言主义，天下固未有持之而无故者！其见为善不善，当以为之之若何而定，不当以本身之存值而定。庚子而降，凡吾国魁异奇杰者之所为倡，只图倡之之时，快于心而便于口；至为之偏何在而宜补，弊何在而宜救，事前既讲之无素，事至复应之无方，鲁莽灭裂，以国尝试；一摘再摘，三摘四摘，以至今日空抱蔓归，犹是一无办法，了无进步。吾意无办法矣，与其伪为有办法，四出缴绕，治丝益棼，以覆其国，无宁自承无办法，少安无躁，使国家复其元气，徐图兴造。稚晖、任公、独秀以及不肖，皆试药医生，丧人之命至夥者也。"然而敬恒弗承也。敬恒尤喜言物质救国，自谓弄斧头之年龄已过，未能为劳工之神圣；入与伦敦西南工人为邻，习植铅字数千；出携柏林廓大克一具，以意摄取天然诸美，服劳自给，庶几无负此生。其辞博辩雄伟。杂出庄谐，口无择言，少年宗尚以为一家。而士钊则以为："稚晖富于玄想，巍然大师。语其高，可与希腊诸哲抗席；语其低，乃不足与中学毕业生程材。英之威尔士，文行与稚晖相仿。顾稚晖薄威尔士不为，笔阵偶张，旋复弃去。稚晖试思之，入植铅字数千，出携廊大克一具，食力不过百钱，为烈不逾一手足者，此诚满街皆是，何劳吴稚晖为之？稚晖为之，亦既二十年矣；语其所获，果何益于盛衰成败之数？"然而敬恒弗服也。愤懑之余，习为激宕；由是论锋横溢，毛举细故。此其士钊得罪世所谓贤人君子者一矣。

新文化、新文学者，胡适之所以哗众取荣誉，得大名者也！而士钊则以为："新文化者，亡文化也。夫文章，大事也；曩者穷年矻矻，莫获贯通；偶得品题，声价十倍。今适之告之曰：'此无庸也。凡口所道，俱为至文；被之篇目，圣者莫易！'彼初试而将疑，后倡焉而百和，如蚊之聚，雷然一声。而其所谓白话，亦止于口如何道，笔如何写；韵味之不明，剪裁之不解，分位之不知，道谊之不协，横斜涂抹，狼籍满纸，媸妍高下，无力自判。已与徒党辄悍然号于众曰：'文学革命也！文学革命也！'以鄙倍妄为之笔，窃高文美艺之名；以就下走圹之狂，堕载道行远之业。跳踉以喜，风靡一时；处势差比前清之谈革命；而其纵阔之深至，更远过之；何也？以运动之式，可以公开，少年窃此以自便其不学，恣斯世盗名之图。河流急转，一泻千里，又较之前清革命党人艰贞为国，前仆后起，如马十驾乃登峻坡者，为势顺逆不可比数也。而有一事相同；则持其故者，一切务为劫持；凡异议之生，不察以理而制以势，天下之人，因亦竞为选懗以应之。老师宿儒如梁任公者，闻之且大喜，尽附其说以自张，尤加甚焉！诸少年噪曰：'梁任公跟着我们跑也！'有不肯跑者，则群訾曰'落伍落伍'，千人所指，不疾自僵。有不肯跑而稍稍匡救焉者，则群版其名曰反动；发为口号曰'枪毙枪毙'，国人皆杀，时或不远。而国家之教育机关不尽操纵于若辈之手，不止。历来之教育长官所不为若辈颐使，位不安！京沪规模较大之书局，所不遵若辈之教条出书，书不售！语其表也，似天下之论已归于一；至语其里，则不学者少数人发纵指示，强令夫天下之学者默焉以屈于己而已！如金在冶，不跃为常；复假定天下之学者，自默焉屈于己外，无他道而已！为问此默而屈者，其将与之终古否乎？与之终古，中国之文也化也将至何境矣乎？四五年来，自非无目，莫不见伦纪之凌夷，文事之倾落，如水就下、兽走圹，日蹙千里而未艾也。吾尝澄心求之，以谓人本兽也；人性即兽性，其苦拘囚而乐放纵，避艰贞而就平易，乃出于天赋之自然，不待教而知，不待劝而能者也。使充其性而无道以节之，则人欲不得其养，争端不知所届，祸乱并至，而人道且熄。古之圣人知其然也，乃创为礼与文之二事以约之，一之于言动视听，使不放其邪心；著之于名物象数，使不穷于外物；复游之以《诗》《书》六艺，使舒其筋力而瀹其心灵。初行似局，浸润而安，久之百行醇而至乐出。彬彬君子，实为天下之司命；默持而善导之，天下从风，炳焉如一！夫是之谓礼教，夫是之谓文化。斯道也，四千年来，吾国君相师儒，续续用力以恢弘之，其间至焉而违，违焉而复至，所经困折，不止一端。盖人心放之易而正之难；文事弛之易而修之难；质性如是，固无可如何者也！今乃反其道而行之；距今以前，所有良法美意、孕育于礼与文者，不论精粗表里，一切摧毁不顾；而惟以人之一时思想所得之，口耳所得传，淫情滥绪，弹词小说所得描写，袒裼裸裎，使自致于世，号曰至美！是相率而返于上古榛榛狉狉之境，所谓苦拘因而乐放纵，避艰贞而就平易，出于天赋之自然，不待教而知，不待劝而能者也！"然而胡适弗服也。适之言曰："旧文学者，死文学也。不能代表活社会，活国家，活团体。"而士钊则曰："此最足以耸庸众之听，而无当于理者也。凡死文学，必其迹象与今群渺所不相习，仅少数人资为考古而探索之，废兴存亡，不系于世用者也：今之欧人，于希腊、拉丁之学为然，而吾也岂其侪乎？且弗言异国古文也！以英人而治赵瑟（Chaucer，十四世纪之诗人。）即号难读；自非大学英文科生，解之者寥寥。吾则二千年外之经典，可得琅然诵于数岁儿童之口，韩昌黎差比麦考黎；（英十九世纪之文家。）而元白之歌行，且易于裴、（Byron，裴伦。）谢（Shelley谢烈与裴同为十九世纪诗人。）之短句，莎米更非其伦。死之云者，能得如是之一境乎？且文言贯乎数千百年，意无二致，人无不晓！俚言则时与地限之。二者有所移易，诵习往往难通。黄鲁直之词及元人之碑碣，其著例也。如曰死也，又在而彼不在此矣！"然而胡适仍弗服也！谓："若社会一切书籍，均用文言著述，平民概不了解，必且失趣而废然以返。吾人必一致努力为白话文，以造成白话文之环境！"而士钊则曰："白话文之环境，万无造成之理。可以世界语为喻。夫世界之学问，包涵于英、德、法三国之文字者，为量至大。而三国自身不能互通；有时英人有求于德，德人有求于法，犹且尽力迻译，弥其缺陷。今一旦举三国之全量而废置之，惟以瓠落无所容之世界语，使人之耳目心思，从而寄顿；道德学术，从而发扬。他文著录，全译既有所不能，能亦韵味全失，无以生感。同时娴于他文者，复不能严为之界，使俱屏而不用，干枯杂沓，情见势绌。此世界语之卒无能为役也！惟白话文亦然。吾之国性群德，悉存文言；国苟不亡，理不可弃。今举九家百流之书，一一翻成白话，当非适之力所能至。适之殚精著作，将《水浒》《三国演义》《西游记》之心思结构，运用无遗；亦未见供人取求，应有而尽有。而又自为矛盾，以整理国故相号召；所列书目，又率为愚夫愚妇顽童稚子之所不谙。己之结习未忘，人之智欲焉傅？环境之说，其虑弥是！而无如其法之无可通也！夫文之为道，要在雅驯。俚言之屏于雅，自无待论；而其蔽害之深切著明者，尤在不驯。凡说理层累之文，恒见五六'的'字，贯于一句，亘二三十言不休；耳治既艰，口诵尤涩；运思至四五分钟，意犹莫明。请遣他词，源乃不具；谋易他句，法亦不习；臃肿堆垛，语不成章。以今去文未远，白话多出能文者之手，茅塞已呈是境。更越若干年，将所谓作文为一事，达意又为一事，打成两橛，不见相属。尤不仅此！文事之精，在以少许胜人多许；文简而当，其品乃高。计世界文字之中，此点以吾文为独至。而白话文则反之。胎息《水浒》《红楼梦》之白话尤反之。其参入'的''吗''哩''咧'，及其他借撼听觉，羌无意义之辅字而自成为赘，尤不待言也。是文贵剪剔纷淆，而白话以纷淆为尚；文贵整齐驳冗，而白话以驳冗为高。立言无范，共喻为艰，犷悍相师，如兽走圹。冥冥中文化濒于破产，中国人且失其所以为中国人而不自知。此诚斯文之大厄，而适之努力造成之环境也。"是其得罪当世所谓贤人君子者又一矣！

吴敬恒、胡适倡欧化以振垂亡之势，而士钊则曰："唯唯，否否，不然。欧洲者，工业国也；工业国之财源存于外府，（即各国商场。）伸缩力绝大；国家预算得量出以为入：故无公无私，规模壮阔，举止豪华，一一与其作业相应，无甚大害；一切社会恶德，出于其制之不得不然，所云 Necessary evils 是也。而吾为农国；全国上下百年之根基，可得以工业意味释之者，荡焉无有。无有，而不论精粗大小，一唯工业国之排场是鹜，衣服器用，起居饮食，男女交际，党会运动，言必称欧、美，语必及台赛，变本加厉，一切恣次无忌，实则比欧、美之 Necessary Merits 毫发未具；而其 encls 在欧、美之国，所蕴而未发，或发而未尽者；而吾也由放依而驰骋，由驰骋而泛滥，赤裸裸地一无遮阻；转使碧眼黄须儿，卷舌固声于侧，叹弗如焉。此在国家，势不得不举外债、鬻国产，以弥其滥支帑金之不足；在私人，势不得不贪婪诈骗、女淫男盗，以保其肆意挥霍之无艺。其至于今，图穷匕见，公私涂炭，国之不亡，殆与行尸无异。而冥冥中人道堕坏，凡一群中应有同具之恒德，且不得备；其损失尤不堪言。昨年水灾，地域之广，难民之众，灾情之惨，自来所希闻也；而幸免之人，熟视无睹，将伯之呼莫应，同情之泪不挥。军阀也者，争城夺地如故；官阀也者，恒舞酣歌如故；学阀也者，甚嚣尘上如故。上海《密勒评论》有 Impeg 者，论次其事，且及前代防潦工事之差完，四方捐输之弥急，而一语曰：'中国博施济众之精神，近三十年，已不存矣。'是何也？即伪欧化有以克制之也。偶举一证，可概其余。民德之挠，滔滔皆是，乃至父无以教子，兄无以约弟，夫妇无以相守，友朋无以相信。群纽日解，国无与立。昔班嗣称有学步于邯郸者，曾未得其仿佛，又复失其故步，遂尔匍匐而归。呜呼！吾人今后，亦求得匍匐而归为幸耳！"吴敬恒、胡适倡革新以祛旧染之污，而士钊则曰："唯唯！否否！不然！新者对夫旧而言之。彼以为反乎旧之即所谓新。今即求新，势且一切舍旧；舍旧，何有历史？而历史者，则在人类社会诸可宝贵之物之中，最为宝贵。今人竞言教育；不知教育所以必要，旨在以前辈之所发明经验传之后人，使后人可以较少之心力博得较大之成效，不更似前辈走却许多迂道，费却许多目力，惨淡经营，才得筑成仅可流传之基础而已。又尝譬之，社会之进程取连环式；其由第一环以达于今环，中经无数环与接为构。而所谓第一环者；见象容与今环全然不同；且相间之时，鸯焉不属。然诸环之原形，在逻辑依然各在，其间接又间接与今环相牵之故，俱可想象得之。故今环之人以求改善今环之故，不得不求知原环及以次诸环之情实，资为印证。此历史一科所由立；而知新者早无形孕育于旧者之中；而决非无因突出于旧者之外。盖旧者非他，乃数千年来，巨人长德、方家艺士之所殚精存积，流传至今者也。思想之为物，从其全而消息之，正如《墨经》所云：'弥异时，弥异所。'而整然自在；其偏之见于东西南北，或古今旦莫，特事实之适然；决无何地何时，得天独全，见道独至之理。'新'云、'旧'云，特当时当地之人，以其际遇所环，情感所至，希望嗜好所逼榨，惰力生力所交乘，因字将谢者为'旧'，受代者为'新'已耳。于思想本身何所容心？若升高而鸟瞰之，新新旧旧，盖往复流转于宇与久间，恒相间而迭见。其所以然，则人类厌常与笃旧之两矛盾性，时乃融会贯通而趋于一。盖凡吾人久处一境，饫闻而厌见，每以疲苶恼乱，思有所迁。念之初起，必且奋力向外驰去，冀得崭新绝异之域以为息壤；而盘旋久之，未见有得！于时但觉祖宗累代之所递嬗，或自身早岁之所曾经，注存于吾先天及无意识之中。向为表相及意志之所控抑而未动者，今不期乘间抵巇肆力，奔放而未有已。所谓'迷途知反'，反者斯时；'不远而复'，复者此境；本期开新，卒乃获旧。虽云旧也，或则明知为旧而心安之；或则竟无所觉而仍自欺欺人，以为新不可阶。此诚新旧相衔之妙谛，其味深长，最宜潜玩者也。今之谈文化者，不解斯义，以为躁者乃离旧而僻驰，一是仇旧，而惟渺不可得之新是骛；宜夫不数年间，精神界大乱，郁郁伥伥之象，充塞天下。躁妄悍然，莫明其非。谨厚者蔺然丧其所守；父无以教子，兄无以诏弟。以言教化，乃全陷于青黄不接、辕辙背驰之一大恐慌也。不谓误解一字之弊，乃至于此。"如此之类，难以仆陈；既以新旧相持，纷纭莫决；乃作《说镎》以解之，语详《甲寅周刊》。或以规曰："子一年中所遗政迹，时议纷纭，都不必在念。盖学风扇发，天下病焉。父兄之教莫先，整饬之方宜讲，子营此事，且有同情。即金佛郎案，牵连国交，迟速必办；为国任重，得谤乃常，既宠赂之不章，奚怨毒之难解？世所期期以为不可，而君坐以市天下之怨，绝友朋之好，行且蹈不测之罪，贻无穷之羞者，惟办《甲寅周刊》一事耳。天下事，未可以口舌争，胡哓哓以蒙耻召怒为也？"士钊应之曰："吾行吾素，知罪惟人。若其中散放言，刑踵华士；伯嚚变容，罚同邪党；生命既绝，词旨自空。如其不尔，一任自然。愚生不工趋避之义，夙志不干违道之誉；天爵自修，人言何恤？怀君子而居易，遵舆诵之本务而已。"既而段祺瑞不得志于冯玉祥，又失张作霖之援；吴佩孚再起湖南，与张作霖联兵以逼京师。段祺瑞出走，士钊随之蹉跌以不振。而于是士钊之名，儒林所不齿；士钊之文，君子以羞道。然其后国民军再奠江南，建号南京；而掌邦教者，并合诸大学，厉行考试，取缔学生运动，颇用士钊计，盖不以人废言云。

士钊始为《甲寅杂志》于日本，以文会友，获二子焉：一直隶李大钊，一安徽高一涵也。皆摹士钊所为文，而壹以衷于逻辑，掉鞅文坛，焯有声誉。而一涵冰清玉润，文理密察，其文尤得士钊之神。其后胡适著《五十年来之中国文学史》，乃以高一涵与士钊骈称，为甲寅派。及是唾弃甲寅不屑道，而习为白话，倒戈以向，骂士钊为反动，助胡适之张目焉！